걸레

기획 황재오 | 원작 임인스 | 글 류명찬

걸레

보리별

차례

　세상을 살아가며 우리는 흔히 [걸레]라는 단어를 자주 접하거나 사용합니다.

　부적절한 이성 관계를 형성하는 이들을 향해 우리는 서슴없이 손가락질하며 [걸레]라는 호칭으로 불렀던 적이 있을 겁니다.

　그런데 유독 성적인 문제에 위의 단어를 집착해 사용하는 이유가 뭘까요?

　어떻게 본다면 [걸레]라는 단어를 탄생시키고 목청 높여 비꼬며 더럽다고 말하는 것의 이면을 우리는 생각하지 못한 게 아닐까요?

　인간이 유독 한 단어에 집착하는 과정을 러시아의 문학가이자 심리학자인 쿠스베리토는, 본인이 그러한 말을 듣거나 그러한 존재가 될 수 있다는 두려움에서 비롯된 것이라고 하였습니다.

　아무튼 [걸레]라는 단어의 그 내면에는 자신도 혹시 그렇게 불리는 존재가 될까, 하는 두려움이 담긴 것이라 생각합니다.

　걸레, 걸레 같은 년 , 걸레 같은 놈 등.

　세상을 살아가며 우리는 종종 [걸레] 같은 상황을 목격하거나 경험하게 됩니다.

　하지만 저는 아직도 모르겠습니다.

  배고픈 아이들을 위해 유흥업소에서 십 년 동안 일한 돈을 모아 기부한 남자, 일주일에 두 번씩 남자들 술 시중을 들며 번 돈으로 아이들 옷을 사서 어린이 보호 시설 앞에 두고 사라지는 여자를 우리가 [걸레]라고 할 수 있을까요.

  어쩌면 진짜 걸레는 아무 말도 안 하고 아무런 행동도 하지 않으면서 뒤에 숨어 손가락질하고 그들을 조롱하는 우리들이 아닐까요.

  우리가 지금까지 손가락질하며 조롱하고 상상을 했었던 사람들의 내면을 지나치지는 않았는지 한번쯤 생각해 보면 어떨까요.

  끝으로 기억에 남는 글귀 하나로 머리글을 마치고자 합니다.

  [각자가 처한 상황은 모두 다르고 모두 틀리다. 각 상황에 맞게 대처하는 방식도 사람마다 다른 것이 당연하다. 그러나 우리는 남의 대처 방법이 좋지 못할 때 손가락질하고 침을 뱉는다. 우리가 그 사람의 모든 상황을 알고 있는 게 아니면서도.]

  부디 이 책을 읽는 분들은 생각의 오류를 범하지 않길 바라며…….

2011년 류명찬

1장 걸레 같은 세상으로의 두 번째 초대장

너희가 엎질러 버려
다시는 주워 담기 힘들게
먼지와 뒤섞여
더럽혀진 것들을
왜
우리가 걸레가 되어서
닦아야 되지?
왜
처음부터 끝까지 더럽혀지고

더러워진 것을 정화시키는 것도
우리가 해야 해?

바람이 분다.

바람이 불지만 땀과 눈물로 젖은 여자아이의 얼굴에는 시원함이 아닌 서러움과 한이 맺혀 있다.

[왜?] 울고 있는 여자아이를 향해 왜 우냐고 묻고 싶었다.

교복이 군데군데 찢겨진 모습으로 학교 옥상에 주저앉아 울고 있는 여자아이를 달래 주고 싶었다.

얼굴과 머리에서 피를 흘리며 여자아이 옆에 쓰러져 있는 남자아이를 향해 지독한 욕설을 퍼부어 주고도 싶었다.

그러나 여자아이를 달래 주거나 쓰러져 있는 남자아이에게 달려가 발길질을 할 수가 없었다.

왜냐하면 나는 지금 학교 옥상에서 추락하고 있기 때문이다.

바람이 귓가를 간질이는 것 같더니 운동장에 모여 있는 아이들의 비명이 슬프게 들려왔다.

그러나 무슨 소리가 들리든 신경 쓰고 싶지 않았다. 아니 신경 쓰이지 않았다. 단지 나를 향해 달려오는 여자아이를 향해 손을 힘껏 뻗어 주고 싶을 뿐이다.

하지만 내 몸을 감싼 것은 여자아이가 나를 잡기 위해 뻗은 따뜻하고 사랑스러운 손의 감촉이 아니다. 그것은 약속이라도 한 듯 머리와 허리에서 동시에 시작된 엄청난 통증이었다.

[아, 이걸 뭐라고 표현하지?]

숨조차 쉴 수 없는 심한 통증에 단어가 전혀 생각나지 않았다. 이걸 뭐라고 표현해야 할 텐데.

맞다! 지금 이 느낌을 이렇게 표현하면 될 것 같다.

[아픔. 나는 지금 비명을 지르고 싶을 정도로 아파.]

비명을 질러야 한다.

그런데 비명이 안 나온다. 몸은 찢어질 듯 아픈데 왜 소리가 나오지 않는 걸까?

[답답해!]

가슴에 힘을 주어 본다. 폐에 공기가 들어차면 소리가 나올지도 모른다. 있는 힘껏 숨도 들이마셔 본다.

하지만 가슴에는 힘도 생기지 않고, 숨도 제대로 쉬어지지 않는다.

[왜 이러지? 도대체 나한테 무슨 일이 생긴 거야?]

이럴 때 사람들이 돌겠다고 하는 건가 보다.

[손으로 가슴을 때리면 소리가 나올까?]

무심코 눈동자를 움직이다 옥상 난간에 기댄채 나를 내려다보고 있는 여자아이의 슬픈 눈과 마주쳤다.

손을 뻗어 난 괜찮다고, 그렇게 울지 말라고, 신호를 보내야 하는데……. 가슴을 때리는 것보다 웃는 얼굴로 손이라도 흔들어 주는 게 우선이니까.

빌어먹을! 팔이 전혀 움직이지 않는다.

그래. 나는 불과 몇 분 전에 학교 옥상에서 떨어졌다.

떨어질 때의 충격으로 몸이 망가진 걸까?

[저 아이에게 손을 흔들어 주고 싶어.]

여자아이의 목소리가 원래부터 저렇게 컸나? 목소리가 정말 크다. 학교 운동장을 지나, 교문 밖 동네까지도 들릴 정도의 큰

소리로 내 이름을 부르며 울부짖는 여자아이의 울음소리가 내 몸의 통증보다 더 아프다.

그런데 나는 지금 아무것도 할 수 없다.

[젠장, 내 몸을 움직일 수가 없어.]

순간, 눈이 부시다.

눈이 부시고 광채가 느껴진다.

그것도 눈이 아파서 눈물이 날 만큼 눈이 부시다.

하늘을 향해 욕설이라도 퍼부어야겠다.

이 빌어먹을 세상과 하늘을 향해서 있는 힘껏 말이다.

[씨발.] 이라고.

−환자 분, 제 말이 들리세요? 그럼 이 불빛을 따라 눈동자를 움직여 보세요.

조용하기만 했던 병실이 갑자기 분주해졌다. 그도 그럴 것이 십 년 동안 식물인간으로 누워 있던 환자가 손가락을 움직였기 때문이었다.

이미 폐 활동도 시작되어 인공호흡기도 제거된 상태였다. 담당 의사는 눈꺼풀을 강제로 열어젖히고 소형 손전등을 환자의 눈동자에 이리저리 비추었다.

그때 환자의 입이 살짝 움직이더니 무슨 말인가 흘러나왔다. 의사와 간호사는 그 말이 욕설이라는 걸 약간의 시간이 지난 뒤에야 알아차렸다.

아주 미약한 소리로 내뱉은 욕설 한마디.

[씨발.]

─환자 분 성격이 참 괄괄하시네. 하하!

십 년 만에 처음으로 보인 식물인간의 반응에 의사는 상기된 표정으로 계속 말을 걸었다.

의사는 진심으로 눈앞의 환자가 깨어난 게 기뻤다.

─덥다 더워.

경찰서 강력계의 최무직 형사는 이 더운 여름날, 자신을 에어 컨이 나오는 시원한 사무실이 아닌 뙤약볕 아래로 나오게 만든 서류철을 신경질적으로 구겼다. 그러고는 병원 근처의 편의점 으로 들어갔다.

─아휴, 웬 놈의 날씨가 이렇게 더워!

한여름의 푹푹 찌는 더위에 지친 최무직 형사는 풀어 헤친 셔 츠 깃을 마구 흔들어 댔다.

짜증이 섞인 땀이 가슴과 얼굴, 목덜미를 타고 흘러내렸다. 최무직 형사는 구겨진 서류에 쓰인 병실 숫자를 들여다보며 중 얼거렸다.

─식물인간이었다가 깨어난 성폭행 미수자? 이미 사건 종결 된 걸 왜 다시 조사하라는 건지, 원. 말이나 제대로 할까 싶네.

십 년 동안 식물인간이었던 남자가 눈을 뜨자마자 말문이 쉽 게 열릴 리 만무했다. 그렇다면 서면을 통해 조사를 진행해야 할 것이다. 최무직 형사는 앞으로 전개될 답답하고 짜증날 이 상황에 절로 한숨이 나왔다.

[에잇, 생각 같아서는 이 짓도 다 때려치우고 싶다.]

－봤어? 507호 환자 깨어난 거?

－응, 정말 꽃미남이더라. 잠들어 있을 때는 몰랐는데.

한껏 들떠서 얘기를 나누고 있는 간호사 곁을 지나가던 최무직 형사가 입술을 삐죽거렸다.

[꽃미남이 뭐라고 저렇게 호들갑인지.]

그리곤 서류에 쓰인 병실 숫자를 다시 한 번 확인했다.

－507호?

방금 간호사가 말한 꽃미남 환자가 있다는 방도 507호였고, 자신이 만나야 할 사람이 있는 병실도 507이었다.

－세상 참. 어디 꽃미남 구경 좀 해 볼까.

최무직 형사가 어디 공사판에서 막걸리나 마시면 딱 어울릴 만한 옷매무새를 가다듬고 병실 문을 두드렸다.

안에서는 어떠한 소리도 들리지 않았다. 최무직 형사는 조심스럽게 문을 열고 병실을 들여다보았다.

단조로운 하얀색 일색인 병실엔 소독약 냄새가 가득했다. 그리고 잠시 후 침입자를 경계하는 듯한 목소리가 들려왔다.

－누구…….

이제 막 말을 배운 아기처럼 어눌한 남자의 목소리에 최무직 형사는 어색한 웃음을 지으며 환자 앞으로 다가섰다.

－아이고, 죄송합니다. 노크를 해도 아무 소리가 없어서 실례를 무릅쓰고 들어왔습니다. 하하.

　최무직 형사가 동네 슈퍼마켓 아저씨처럼 털털하게 웃음을 지어 보였다.

　그러나 남자는 세상을 달관이라도 한 것 같은 표정으로 최무직 형사를 바라보았다.

　―으음, 이것 참! 그럼 제 소개를 먼저.

　최무직 형사는 침대에 누워 있는 남자에게 명함을 내밀었다.

　―강력계 형사 최무직입니다. 대화가 가능하다면 몇 가지 질문을 좀 할까 합니다.

　―아.

　남자는 작은 소리를 내더니 몸을 일으키려 했다.

　―아이고, 괜찮습니다. 그냥 누워 계세요.

　―누워서 말해도 상관없는데.

　최무직 형사의 만류에도 불구하고 남자는 십 년 동안 움직이지 않았던 팔과 다리를 움직여 가까스로 침대에 비스듬히 기대앉았다. 그리곤 힘겹게 명함을 받아들었다.

　―말하기 힘드시면 고개만 살짝 움직이셔도 됩니다.

　―네에.

　가래 끓는 텁텁한 목소리에 핏기 없고 야윈 남자의 얼굴에서 유독 눈동자만이 활발하게 활동하는 화산처럼 이글거렸다.

　무언가를 기억하려는 건지 아니면 앞으로 자신이 하고 싶은 일을 하나하나 계획이라도 하는 건지 눈빛이 무척 강렬했다.

　십 년 동안 잠들어 있다가 깨어났으니 하고 싶은 게 많을 것이다. 연애도 해 보고 싶을 테고 학교도 다시 다니고 싶겠지.

그러나 최무직 형사는 자신이 이 남자를 찾아온 이유를 잊어버리지 않았다.

성폭행 미수!

눈앞의 남자는 십 년 전 성폭행 미수범으로 체포됐어야 했다. 운이 좋은 건지, 아니면 운이 나쁜 건지 공범들과 함께 잡혀야 했던 이 남자는 학교 옥상에서 추락해 식물인간이 되었고, 사건이 잊힐 때쯤 극적으로 깨어났다.

때마침 몇 달 전 강력계에 새로 부임한 상급자가 미해결 사건이나 의심스럽게 끝난 사건들을 다시 들춰내기 시작했고, 운명의 장난인지 십 년 전 성폭행 미수 사건에서 빠진 한 남자를 다시 조사하라는 지시를 내렸다.

[사건을 다시 조사한다고 해도 달라지는 건 없을 텐데.]

이 사건에서 미심쩍은 부분이 있기는 했다. 여자아이가 진술한 내용과 남자아이들이 진술한 내용이 전혀 다르다는 점이 그것이었다.

여자아이는 옥상에서 떨어진 남자아이가 자신의 남자 친구이며, 자신이 성폭행 당하려 하자 자신을 구하려고 다른 남자아이와 싸운 뒤 옥상에서 투신했다고 했다. 반면 공범으로 함께 붙잡혀 들어온 다른 남자아이들은 식물인간이 된 남자아이가 여자아이를 성폭행하려다 오히려 여자아이에 의해 옥상에서 던져졌다고 상반되게 진술했던 것이다.

[아무리 여자아이가 힘이 세다고 해도 남자아이를 들어서 옥상에서 던질 수 있을까?]

그러나 이 사건이 최무직 형사를 더욱 답답하게 만드는 이유는 공범들 중 한 명, 즉 옥상에서 떨어진 남자아이에게 얻어맞아 안면이 골절된 남자아이의 아버지가 그 아이들이 다니던 학교의 이사장이었다는 것이다.

이사장의 아들이 개입된 사건이었다는 점이 최무직 형사의 형사적 감각을 날카롭게 자극하고 있었다.

당시 사건을 담당했던 형사들을 찾아가 묻는 게 빠르겠지만 현재 이 곳에는 그때 이 사건을 담당했던 형사가 한 명도 남아 있지 않았다.

최무직 형사도 일 년 전에 지금의 경찰서로 옮겨온 탓에 이 사건에 대해 아는 것이 전혀 없었다.

―혹시 이수정 씨 기억나십니까?

최무직 형사는 단도직입적으로 이수정이라는 여자의 이름을 거론했다.

그러나 남자는 무덤덤한 표정으로 최무직 형사를 바라보았다.

[무슨 놈이 저렇게 표정 변화가 없어?]

말도 없고 어떤 동작도 없다. 그저 손에 들려 있는 최무직 형사의 명함만을 만지작댈 뿐이었다.

―기억이 안 나십니까? 이수정이라고 당시…….

최무직 형사가 부연 설명을 하려고 하자 남자가 천천히 고개를 가로저었다.

―이수정 씨를 모르신다고요?

재차 물었지만 남자는 고개만 저었다.

국회 청문회에 불려 온 사람이 아무것도 모른다고 발뺌하는 것처럼 보인다면 추궁이라도 하겠지만, 남자의 표정과 눈빛에서는 어떤 감정도 어떤 숨김도 찾아볼 수가 없었다.

-기억 안 나신다는 거죠?

-네.

-그럼 본인이 어떻게 다쳤는지도 기억 안 나시나요?

최무직 형사가 머리를 다쳤던 날의 기억을 묻자 남자는 역시 기억이 나지 않는다는 뜻을 내비쳤다.

-휴, 다 기억 안 난다.

종결된 사건을 다시 끄집어낸다는 것도 내키지 않았지만, 최무직 형사는 십 년 만에 깨어난 남자에게 이것저것 질문하는 것도 그리 유쾌하지 않았다.

-혹시라도 기억나는 게 있으면 명함에 제 연락처가 있으니 언제든지 연락 주세요.

짧은 대화를 통해 최무직 형사가 내린 결론은 한 가지였다.

[진짜 기억 상실이 된 게 아니라면 남자는 지금 거짓말을 하고 있다.]

이미 종결된 사건이기에 이제 와서 다른 진실이 나타난다 해도 사건을 뒤집기는 낙타가 바늘구멍 빠져나가는 것만큼 어려운 일이다.

그것을 잘 알기에 최무직 형사도 끈질기게 물어보지 않은 것이다. 이것저것 들쑤셔 봤자 잘해야 본전이라는 걸 너무도 잘 알고 있기 때문이었다.

-그럼 몸조리 잘하세요.

병실 밖으로 나가려던 최무직 형사가 갑자기 무언가가 생각난 것처럼 뒤돌아서 남자를 향해 입을 열었다.

-참, 그 이수정이라는 여자 말입니다.

남자의 표정은 여전히 변하지 않았다. 감정이 없는 무표정 그대로였다.

-지금 무척 힘들게 살던데.

마지막으로 남자를 떠보려 했던 것인지, 아니면 이수정이라는 여자의 기구한 삶에 대해 알려 주려고 했던 것일까? 하지만 최무직 형사의 말에도 남자는 미동도 없었다.

-그럼, 이만.

최무식 형사는 남자에게서 더 이상의 정보를 얻기란 불가능하다는 결론을 내렸다. 차라리 의사에게 남자의 현재 상태를 물어보는게 더 빠를 듯 했다.

최무직 형사가 나가고 홀로 병실에 남은 남자가 천천히 눈을 감았다. 그렇게 한동안 무언가를 생각하던 남자가 이윽고 입을 열었다.

-씨발.

욕설과 함께 눈을 뜬 남자의 눈빛은 분노로 일그러져 있었다. 당장이라도 달려 나가 누군가를 죽일 것 같은 살기 어린 눈빛. 방금까지 무표정하게 형사를 상대하던 남자는 그 어디에도 없었다.

지금 병실에는 오로지 복수심에 불타는 한 남자만이 있을 뿐이었다. 손에 쥔 명함을 마치 복수의 대상이라도 되는 듯 힘껏 구기고 있는 남자의 입에서는 끊임없이 욕설이 흘러나왔다.

　-507호 환자 말인가요?

응급 환자의 뇌 수술을 마치고 쉬고 있던 의사는 난데없이 강력계 형사의 방문을 받았다.

　-식물인간에서 십 년 만에 깨어나 아직 기억이 돌아오지 않은 건지도 몰라요.

최무직 형사에게 환자의 기억력에 대한 질문을 받은 의사는 의학적으로 어떤 소견을 말해야 할까, 한 동안 고민을 했다. 잠시 후 의사는 환자의 진료 기록과 수술 기록을 보여 주며 환자가 깨어난 것만도 기적이라고 말했다.

　-혹은 당시 머리를 크게 다쳐서 기억이 모두 사라진 것일 수도 있어요. 정확한 상태는 아직 우리도 모릅니다. 의학적으로 다시 눈을 뜬 것만으로도 기적이죠. 뇌의 일부분이 작살났던 환자였으니까요.

　-작살이요?

최무직 형사의 반응에 작살이라는 표현이 과하다고 생각했는지 의사는 급하게 작살이라는 표현을 수정했다.

　-작살은 아니고, 뇌가 이렇게…….

의사는 주먹을 쥐었다 펴며 최무직 형사가 알아듣기 쉽게 설명하려고 애를 썼다.

　-주먹처럼 막혀 있어야 하는데 한쪽이 툭 터졌다는 거지요.

-그래요? 그런데도 살아 있다니 대단하군요.

-인간의 뇌에 대해선 지금도 끊임없이 연구가 진행 중입니다. 정말 신기한 게 인간의 뇌지요.

-그렇군요.

-다만 507호 환자의 경우, 신체를 컨트롤하는 부분보다는 기억과 관련된 뇌 부분이 손상돼 보입니다. 그래서 기억을 못 하는 것 같다는 것이 현재까지의 제 소견입니다.

최무직 형사는 의사에게 성폭행 사건 때문이라는 이유 대신 그저 가벼운 형사적 업무 때문이라며 방문 이유를 밝히고는 진료실을 나왔다.

경찰서로 돌아온 최무직 형사는 서류에 새롭게 추가할 내용을 머릿속에 떠올렸다.

[기억 상실로 인한 조사 불가능.]

상급자가 기억 상실에 대해서 묻는다면 의사가 한 대로 주먹을 쥐었다 펴며 뇌 한쪽이 완전 작살났다고 합니다, 라고 설명할 생각이었다.

그러나 최무직 형사의 오랜 경험에서 생긴 직감은 식물인간에서 막 깨어난 남자가 거짓말을 하고 있다고 속삭였다.

[이수정이 기억이 안 난다고 하는 이유가 뭘까? 도대체 뭘 숨기고 싶은 거지?]

깨어난 지 얼마 안 되서 이수정 사건이 어떻게 결론났는지 아직 몰라서? 아니면 자신이 범인이라고 밝혀질까 봐? 그것도 아니라면.

[뭔가 다른 이유가 있겠지?!]

-보고서 쓰는 거야, 최 형사?

동료 형사의 질문에도 최무직 형사는 키보드에 손가락을 올려놓은 채 갖은 인상을 썼다.

-에잇, 내가 이놈의 컴퓨터 때문에 형사를 때려치우고 말지.

십 수년 형사 생활에 이제는 익숙해지기도 하련만 최무직 형사는 도무지 컴퓨터와 친해지지가 않았다.

-그러게 컴퓨터 교육 좀 받으라니까, 언제까지 컴퓨터랑 씨름하면서 형사 생활할 거야.

동료 형사가 최무직 형사에게 충고를 했다.

그러거나 말거나 최무직 형사는 책상 위에 놓인 서류들과 모니터에 뜬 사건 조사 기록부를 보며 느릿느릿 손가락을 움직였다.

-어? 이 사건 아직도 진행 중이야?

그때 최무직 형사의 선배이자 강력계 베테랑 수사관인 조동철 형사가 최무직 형사의 책상 위에 쌓인 서류들을 보며 말했다.

그러자 최무직 형사가 반색하며 조동철 형사에게 질문을 마구 퍼부었다.

-선배님, 이 사건 아십니까?

-응, 내가 담당했던 사건은 아니지만 이 사건에 연루된 사람 중 한 명은 기억하지.

-그래요? 그게 누굽니까?

-바로 이 친구!

조동철 형사는 서류에 쓰인 여러 사람의 이름 중 한 명을 가리켰다.

―내가 처음 형사가 됐던 해에 이 친구를 만났었거든. 그때의 느낌이 강해서 아직도 이름을 기억하고 있지.

그 이름은 바로 최무직 형사가 병원에서 만난 식물인간이었다가 깨어난 남자였다.

―이 친구를 만난 게 한 이십 년도 더 되었지, 아마?

―이십 년이요? 이 사건은 십 년 전 일인데…….

최무직 형사가 의아해하자 조동철 형사가 헛웃음을 터뜨리며 최무직 형사의 어깨를 툭 쳤다.

―내가 말하는 건 이 친구를 처음 만났을 때야. 성폭행 미수 사건 때에는 난 교통사고 조사팀에 있었지.

―아, 그럼 이 사건에 대해서는 잘 모르세요?

최무직 형사가 궁금한 것은 십 년 전에 벌어진 성폭행 미수 사건이지 이십 년 전의 일이 아니었다.

그러나 최무직 형사의 생각과는 다르게 조동철 형사는 흥분을 해서 쉴 새 없이 떠들어 대기 시작했다. 자신이 남자에 대해 알고 있는 무언가를 얘기해 주고 싶은 모양이었다.

―이 성폭행 미수 사건, 당시에는 경찰서 사람 모두가 알 정도로 말이 많았지. 여자아이와 남자아이들의 진술이 무척 달랐거든. 결국 여자아이 진술은 무시하고 남자아이들의 진술만 인정했지. 아마도 구린내 나는 뭔가가 뒤에 있었을 거야.

―저도 그렇게 느꼈습니다. 그런데 문제는 이 친구가 십 년만

에 깨어나서는 그때 기억이 전혀 안 난다고 하는 겁니다. 어쩌면 이 상태로 그냥 다시 덮일 것 같습니다.

-그래?

-그런데 선배님은 이 친구를 어떻게 기억하십니까? 그것도 이십 년 전에 만나셨다면서요?

-이 친구를 처음 만났을 때 비가 왔었어.

-비요?

-응, 그것도 엄청 많이.

시답지 않은 대답에 실망한 최무직 형사가 컴퓨터로 다시 고개를 돌릴 때 조동철 형사가 조용히 말을 이었다.

-양손에 피를 잔뜩 묻히고 있었지.

-네?

-그러고는 비를 맞고 있기에 내가 물었어. 이름이 뭐냐고.

조동철은 모니터에 떠 있는 남자의 사진을 바라보며 씁쓸한 표정을 지었다.

-그러니까 이 친구가, 아니 그때는 꼬마였던 이 아이가 이렇게 답하더군.

-뭐라고요?

-자신은 누나를 죽인…….

-신천명이에요.
비가 온다. 그것도 이 땅의 모든 것을 물로 씻어 버리겠다는 듯이 쏟아져 내린다. 비에 씻겨 내려가는 것은 땅바닥에 널려 있는 담배꽁초와 먼지만이 아니었다.

한 아이의 손에 묻어 있는 엄청난 양의 피도 씻겨 주었다. 우산도 없이 비를 맞고 서 있는 소년의 손에서는 피가 흘러내렸다. 흡사 아이의 손이 다쳐서 나는 피처럼 끊임없이 흘러내렸다.

－신천명이라고?

젊은 형사가 우산으로 아이의 머리 위를 가리며 이름을 되물었다. 그러자 형사의 등과 머리로 기다렸다는 듯이 비가 쏟아져 내렸지만 형사는 최대한 웃는 얼굴로 아이에게 말을 걸었다.

－무슨 일이 있었는지 아저씨한테 말해 줄 수 있니?

그러나 자신을 신천명이라고 말한 남자아이는 그 또래의 아이에게서는 절대 볼 수 없을 것 같은 슬픈 얼굴로 형사를 가만히 올려다보았다.

말없이 자신을 올려다보는 아이에게서 시선을 돌린 형사는 주변을 둘러보았다. 재미있는 구경거리라도 보는 듯 어느새 북적북적 몰려든 아파트 주민들과 앰뷸런스. 그리고 경찰차의 사이렌 소리만으로도 비 내리는 오후의 부유한 아파트 단지는 정신없이 돌아가고 있었다.

하얀 천에 덮여 들것에 실려 아파트 입구를 나오는 것은 손목을 그은 채 죽은 여자의 시체일 것이다. 들것을 바라보는 사람들의 놀란 신음성을 들으며 형사는 천천히 아이를 살폈다.

자신이 누나를 죽였다고 말하는 아이. 그러나 여자의 시체를 보고 나온 형사는 절대 이 아이가 누나를 죽이지 않았다는 결론을 내렸다.

　　깔끔하고 차분한 글씨체로 남동생인 신천명에게 미안하다고
쓴 유서가 여자 옆에 놓여 있었다.
　　한 손에 커다란 칼을 들고 자신의 손목을 그은 여자. 누가 봐
도 자살을 한 것이다.
　　여자는 고통을 참으며 이를 악문 채 죽어 있었다. 무슨 이유
로 자살을 했을까.
　　119에 신고를 한 사람은 아이라고 했다.
　　그러나 시간이 꽤 흐른 뒤에도 죽은 여자와 아이의 부모는 보
이지 않았다.
　　-아저씨랑 경찰서, 아니 어디 들어가서 얘기 좀 할까?
　　형사는 다시 아이에게 조심스럽게 말을 걸었다.
　　그러나 아이는 고개를 저으며 담담하게 물었다.

　　-누나를 죽였으니 자신은 이제 감옥에 가는 거냐고 묻더라
고. 무표정하게 말이야.
　　-무표정이요?
　　최무직 형사와 조동철 형사는 답답한 사무실을 나와 등나무
아래 벤치에 앉아 대화를 이어 나갔다.
　　최무직 형사는 연신 이마의 땀을 닦아 내고 있는 조동철 형사
에게 담배를 내밀었다.
　　-고마워. 이놈의 담배를 끊어야 하는데 쉽지가 않네.
　　조동철 형사는 담배에 불을 붙이고는 한 모금 길게 피더니 하
늘을 향해 담배 연기를 내뿜었다.

-무표정인지 감정이 아예 없는 건지. 꼬마 놈이 당돌하게 자신이 누나를 죽였다고 말하는데 어떻게 해야 할지, 하 참!

-정말로 동생이 누나를 죽인 겁니까?

진지한 얼굴로 질문하는 최무직 형사의 말에 조동철 형사가 헛웃음을 터뜨리며 아니라고 손을 흔들었다.

-예끼, 이 사람아. 여섯 살짜리가 어떻게 다 큰 여자의 손목을 긋겠나? 당시 부검의도 자살이라고 밝혔어. 누나가 자살한 시간에 신천명은 유치원에 있었어. 그 아버지의 알리바이도 확실했지.

-그렇군요.

최무직 형사는 무언가 엄청난 것이 몸에서 빠져나가는 듯한 기분을 느꼈다. 무언가를 기대하고 있다가 그게 여지없이 무너지는 걸 확인한 기분이랄까.

-그런데 말이야.

-뭔가 더 있습니까, 선배님?

-부검의가 보낸 소견서에 자살한 여자가 임신 중이였다고 써 있더군.

-네?

[뜻하지 않게 임신하는 바람에 자살했나 보군.]

최무직 형사가 혼자 결론을 내리려고 할 때, 조동철 형사가 말을 이었다.

-누나가 자살한 날, 경찰서에 꼬마 놈을 데려와 그 부모를 기다리고 있는데.

-있는데요?

-몇 시간 뒤 아버지라는 사람이 나타나더군.

-신천명 아버님 되십니까?

-네.

젊은 조동철 형사 앞에 누가 봐도 학식 꽤나 있게 보이는 신천명의 아버지가 앉았다. 남자는 말없이 의자에 잠들어 있는 아이를 바라보았다.

-따님 일은 무척 유감스럽습니다. 마음이 아프시겠지만 몇 가지 조사를…….

자살한 딸을 둔 부모를 위로하면서 대화를 시작하려 했지만 이어진 남자의 말에 조동철 형사는 말을 멈출 수밖에 없었다.

-시신은 언제 받을 수 있습니까?

-네?

자식이 죽었는데도 담담하다 못해 감정이 없는 목소리로 시신에 대해 묻는 남자를 조동철 형사는 의아하게 바라보았다.

-제 딸 시신을 언제 받을 수 있는지 물었습니다.

남자가 또박또박 다시 말했다. 딸이 죽었는데도 울거나 애통해 하지도 않는다. 그저 제 물건이나 어서 돌려받았으면 좋겠다, 라는 식이었다.

-부검 소견서가 나오고 검사가 타살이 아니라고 판단하면 시신을 받을 수 있습니다.

-알겠습니다.

-누가 봐도 자살이지만 아드님께서 자신이 누나를 죽였다고 말하는 상황이라서 어쩌면 아이에 대한 조사가 진행될 수도 있습니다.

-아들이 죽인 게 아닙니다.

-네?

조동철 형사는 아까부터 아이의 아버지가 말을 할 때마다 네? 라고만 반문하는 자신이 답답하게 느껴졌다.

-아들이 아니라 제가 죽인 거예요.

-그게 무슨 말씀입니까?

아들에 이어 이제는 아버지가 딸을 죽였다고 말하는 기막힌 상황에서 조동철 형사는 이 빌어먹을 사건을 빨리 끝내야겠다고 생각했다.

[뭐야, 이 가족 왜 이래?]

-지금 마음이 복잡해서 그러시나 본데, 우리가 본 상황으로는 따님은 스스로 손목을 그은 게 확실합니다.

-그렇다 해도 제가 죽인 거나 마찬가지예요. 애들을 따로 사랑해 주었으니까요.

-따로요?

조동철 형사는 따로라는 말의 의미를 곰곰 생각했다.

[아들만 예뻐했나 보군. 그래서 차별 받은 딸이 죽은 건가? 그러고 보니 아들과 딸이 나이 차이도 꽤 나네.]

죽은 딸의 나이는 갓 스물이었고 아들인 신천명은 이제 여섯 살이었다. 늦게 얻은 아들이니 더더욱 예뻐하고 끔찍하게 아꼈을 것이다.

딸 입장에서는 섭했을 테고, 결국 자살이라는 극단적인 선택으로 자신의 생각을 표현한 것인지도 모른다.

—부인은 어디에 계십니까? 연락을 하려 해도 아버님밖에 연락처가 없더군요.

—집사람 말입니까?

조동철 형사가 고개를 끄덕이자 남자가 대답했다.

—다 죽었습니다.

—딸도 죽고 아내도 죽었다?

—그래. 다 죽었다고 하더군.

—다 죽었다면 부인이 여러 명이었다는 뜻인가요?

—글쎄, 그 뒤에 바로 아이를 데리고 돌아갔으니 더 이상의 대화는 없었지. 내가 신천녕을 기억하는 또 나른 이유는 아버지에게 안겨 집으로 돌아갈 때 어떻게든 아버지에게서 벗어나려고 발버둥 치던 그 아이의 모습 때문이야.

—발버둥이라.

혼잣말을 하는 최무직 형사에게 조동철 형사가 부연 설명을 했다.

—영화에서 괴물에게 끌려가는 여자들 본 적 있지?

—네, 있죠.

—괴물에게 끌려가는 여자들이 대부분 어떻게 행동하나?

—끌려가지 않으려고 발버둥을 치며 거세게 반항하죠.

─바로 그거야. 아이가 딱 그 꼴이었어.

─정말요? 뭔가 이상하기는 하네요.

최무직 형사의 말에 조동철 형사도 고개를 끄덕였다.

─그렇지? 그 아버지도, 아들도 정말 이상했어.

─임신 중에 자살한 누나를 둔 아이가 고등학교 때 한 여자아이를 성폭행 하려다 식물인간으로 십 년을 보냈다?

─반장님과 신천명에 대해서 한번 얘기해 봐. 아니면 이번에 새로 부임해서 너의 일거리를 늘려 준 그 FM 수신기와 말해 보든가.

─그럴까요?

종결된 사건을 다시 조사해 보라며 업무 지시를 내린 일명 FM 수신기라 불리는 상급자. 그는 경찰 대학을 수석으로 졸업한 삼십 대 중반의 깐깐한 차장이었다.

원리와 원칙에 따라 업무를 처리하고 융통성이 없는 인물이라 전에 있던 경찰서에서는 그의 서릿발 같은 칼날에 뇌물 좀 받아먹은 형사 여럿이 경찰복을 벗었다고 했다.

─너야 뇌물 받아먹을 놈도 아니니 잘해 봐. 혹시 알아? 아무도 몰랐던 사실이 밝혀져 네가 승진할지도 모르잖아.

─에이, 승진은.

최무직 형사는 이제 막 어두워지기 시작하는 하늘을 바라보며 신천명의 이름을 되새겨 보았다.

─신천명! 어디 한번 털어 볼까?

2장 걸레들의 축제,
그곳은 더러운 오물들의 집하장

너, 김하융이지?
신은 참 공평하지 않아.
어느 것 하나 부러울 것 없이 잘난 내가
딱 하나 없는 거
그걸 네가 가졌거든.
바로 괴력.
오늘 너와 나의 만남이
서로의 힘을 공유하기 위한

만남이라면
넌 운이 좋은 거라고 생각하니?
운이 나쁜 거라고 생각하니?

-이 세상에 털어서 먼지 안 나는 인간은 없어.

짧은 스포츠형 머리에 목과 손목에 순금 목걸이와 팔찌를 차고 있는 덩치 큰 남자 김하융. 그는 침대에 누워 있는 신천명을 설득하기 위해 벌써 몇 시간째 똑같은 말을 반복하고 있었다.

그러나 신천명은 김하융의 말을 한 귀로 듣고 한 귀로 흘리며 무심히 천장만 바라보았다.

-너도 그렇고, 나도 그렇고, 그 빌어먹을 새끼들도 그렇고, 세상을 깨끗하게 살고 있는 인간이 하나라도 있을까?

김하융의 화난 목소리에 신천명이 눈길을 돌려 김하융을 보았다. 무언가 말하고 싶은 눈빛으로…….

-할 말 있으면 해 봐.

그러자 신천명이 희미하게 미소를 지어 보였다.

-웃기는.

김하융은 답답한지 병실에 놓인 물을 벌컥벌컥 들이켰다. 물을 들이키는 김하융의 얼굴이 험악하게 일그러져 있었다.

그때 웃고 있던 신천명의 입술을 타고 미약한 소리가 새어나왔다.

-형.

물을 마시던 김하융의 눈가가 미세하게 떨렸다.

앞으로 이어질 신천명의 말이 무언지 예상이라도 하듯 김하융의 표정이 더 어두워졌다. 가능하다면 아무 말도 하지 말라고 소리라도 지르고 싶었으나 그럴 수가 없었다.

신천명이 몸 안의 모든 힘을 짜내듯 말을 시작했다.

―깨끗한 사람, 한 명 있었잖아.

그 말에 김하융이 자신도 모르게 물컵을 쥔 손에 힘을 주었다. 물컵에서 금이 가는 소리가 들렸지만 둘 다 물컵 따위에는 관심도 두지 않았다.

―세상을 깨끗하게 살아갈 수 있는 사람이었다는 걸 형도 잘 알잖아.

―씨발!

김하융은 거칠게 욕설을 내뱉었다.

―씨발도 이런 씨발이 없다.

그러고는 자책감이 가득한 얼굴로 손에 든 물컵을 있는 힘껏 움켜쥐었다. 위태롭게 금이 가 있던 물컵이 파열음을 내면서 깨지자 김하융의 손에서도 붉은 피가 흘러내렸다.

―그래서 지금 그 아이의 복수라도 하겠다고?

―응, 하지만 이건 복수가 아니야.

신천명의 목소리에서 작은 떨림이 느껴졌다.

―그럼 뭔데? 네가 하려는 게 복수가 아니면 뭐야?

―내가 하려는 건…….

―그래 인마. 뭐냐고?

―그건 게임이야.

―뭐?

너무도 태연한 신천명의 말에 김하융은 어이가 없었다.

―너, 십 년 동안 병원에 누워 있다 보니 뇌가 어떻게 된 거 아냐? 아니면 복수와 게임의 뜻이 헷갈리니?

-아니! 난 복수가 무슨 뜻인지 잘 알고 있어. 물론 게임이 무슨 뜻인지도 너무도 잘 알아.

-그런데 무슨 놈의 게임이야.

-내가 사랑한 여자의 인생을 망친 인간들이 하나하나 망가져가는 걸 보면서 즐기는 게임. 그러다 더 이상 재미가 없어졌을 때 끝내는 게임이지.

-미친놈!

-그래, 나는 미친놈이야. 수정이를 지옥으로 떨어뜨린 인간들을 망가뜨릴 수만 있다면 미친놈이든, 정신 나간 놈이든 그 어떤 말로 불려도 나는 상관없어.

-그 게임 진심으로 할 거냐?

자신을 미쳤다고 해도 상관없다는 신천명의 말에 김하융이 말했다.

-좋다. 네가 앞으로 뭘 하든에 난 널 돕는다! 너 대신 죽어야 한다면 죽을 수도 있어. 하지만 쓰레기는 내가 치울게. 그게 내 속죄…….

-속죄는 필요 없어.

-뭐?

-형도 내 게임 대상 중 하나니까.

김하융은 한동안 말이 없었다.

-그러니까 형.

신천명의 잘생긴 얼굴에 앞으로 벌어질 게임에 대한 기대 때문인지 제법 밝은 기운이 어렸다.

-형도 즐겨. 내가 즐기는 걸 보면서 같이 즐겨도 상관없어. 하지만 명심해. 형도 내 게임 대상 중 한 명이라는 걸.

-결국 나도 네 목록에 있었구나.

-목록? 하하.

그 말에 신천명이 큰 소리로 웃었다. 하지만 그 웃음에는 짙은 슬픔이 배어 있었다.

입은 웃는데 눈에는 살기가 서린 사람을 뭐라고 표현해야 할까. 복수심에 불타는 인간? 아니면 복수심에 미쳐 뇌가 고장난 사람?

한 가지 확실한 것은 그런 신천명을 김하융이 걱정스럽게 바라보고 있다는 것이다.

-수정이가 당하던 날.

신천명은 침대 시트를 힘껏 거머쥐었다. 자신의 분노를 표현할 방법이 지금으로선 이것밖에 없다는 듯이.

-그때 우리 모두 죽었어. 그러니까 목록은 필요가 없어.

김하융이 무언가를 결심한 얼굴로 자신을 게임 대상 가운데 하나라고 당당하게 표현한 남자에게 결코 지어 보일 수 없을 것 같은 부드러운 표정을 지었다.

신천명에게는 그렇게 해야 되는 것처럼.

-내가 부탁한 걸 구해 줘.

-진심이냐?

-진심이야. 너무나 진심이라 눈물이 날 정도야.

김하융은 결국 고개를 끄덕였다.

─그래, 구해 주마. 네가 부탁한…….

말끝을 흐리며, 잠시 천장을 올려다보던 김하융이 깊은 한숨을 내쉬며 말을 이었다.

─물건.

김하융이 총이라는 단어를 차마 입 밖으로 꺼내지 못하고 몸을 돌린채 천천히 병실 문을 향해 걸어갔다.

─그것으로 마지막에 죽는 사람이 나라고 해도 꼭 구해 주마.

─부탁 좀 하자, 응?

─그런데 왜 십 년도 지난 사건에 그렇게 목을 매십니까?

경찰서 지하에 위치한 사건 자료 보관실에서 최무직 형사는 담배 한 보루를 내밀며 자료 관리 담당 경찰에게 거듭 부탁을 했다.

─새로 부임한 FM 수신기가 조사해 보란다. 내가 뭔 힘이 있냐. 까라면 까야지.

그렇지 않아도 신천명에 대해 보고를 할 때 FM 수신기도 뭔가 이상한 걸 느꼈는지 최무직 형사에게 제대로 조사해 보라는 말을 거듭했다.

최무직 형사는 처리할 다른 사건도 많은 터라 십 년 전 사건에 매달리는 게 쉽지 않았지만 그렇다고 놓치기도 싫었다. 조동철 형사의 이야기를 들은 뒤로 이 사건을 자신이 다시 한 번 파헤치고 싶다는 생각이 강렬하게 들었기 때문이다.

─십 년 전 자료면 쉽게 찾기는 어려워요.

웬만한 사건 자료는 체계적인 관리를 위해 모두 전산화된 마당에 컴퓨터가 아닌 일반 자료 보관실에서 십 년 전 자료를 다시 찾아낸다는 것은 쉽지 않은 일이다.

최무직 형사도 그러한 것을 잘 알기에 자기도 비싸서 못 피는 담배 한 보루까지 사 들고 온 것이다.

―혹시 우리가 놓친 게 있나 싶어서. 없으면 할 수 없고.

―까짓, 찾아보겠습니다. 다른 분도 아니고 최 형사님이 부탁하시는 거니까 찾아 드려야죠.

최무직 형사가 내민 담배에 손을 살며시 올리는 담당 경찰의 얼굴에 미소가 자리 잡았다.

―제가 좋아하는 담배는 어찌 아시고.

―형사 생활 십삼 년이다. 이정도야 쉽지. 여하튼 뭔가 있을지 모르니 부탁 좀 할게.

―뭐라도 찾으면 연락드리겠습니다. 하지만 기대는 하지 마세요. 거의 모든 자료가 전산화되어서 종이 쪼가리는 대부분 폐기했으니까요.

폐기했다는 경찰의 말 뒤로 작은 공간을 가득 채우고 있는 종이 상자들과 구형 컴퓨터 두 대가 보였다. 말이 대부분 폐기지 자료 보관실은 아직도 서류들이 빼곡하게 들어 있는 종이 상자들이 가득 차 있었다.

―대부분 폐기한 것 맞나?

최무직 형사가 질렸다는 얼굴을 하자, 담당 경찰이 손사래를 쳤다.

—불과 이삼 년 전에 이 건물 지하실이 모두 자료 보관실이었다면 믿으시겠습니까? 그나마 정리를 해서 이 방 하나 정도로 줄어든 겁니다.

전산 처리를 안 했다면 자신은 향후 몇 년간 경찰서 지하실에서 햇빛도 못 보고 서류 정리만 했을지도 모른다는 담당 경찰의 안도감 섞인 말에 최무직 형사는 웃음이 나왔다.

—IT 강국 만세다.

—그러게요. 세상 참 좋아졌죠.

—그런가?

자료 보관실을 둘러보면서 최무직 형사가 조그맣게 중얼거렸다.

—정말 세상이 좋아지기는 한 걸까?

—절대 아니야.

—아니라니? 내가 지금까지 한 말 어디로 들었냐?

—절대로 그럴 리 없어.

강력계 형사가 다녀가고 며칠 뒤, 본격적으로 재활 훈련을 시작한 신천명에게 중고등학교를 같이 다닌 이창철이 찾아왔다. 이창철과의 만남에 대한 기쁨도 잠시, 신천명은 손에 쥐고 있던 음료수 병을 탁자에 강하게 내려놓았다. 탁 소리와 함께 이창철이 한 말을 부정하려는 듯 신천명이 강하게 고개를 저었다.

하지만 현실은 신천명의 바람과는 다르게 흘러가고 있었다.

—네가 수정이를 어떻게 생각하는지 잘 알지만, 수정이 지금 사창가에서 몸 팔고 있다.

십 년 만에 깨어난 친구에게 현재의 진실을 알려 주기 위해 이창철은 설명을 가장한 설득을 하고 있었다.

그러나 신천명은 부정했다. 아니 믿고 싶지 않았다. 앞으로 자신이 벌일 게임과는 상관없이 현실이 시궁창으로 변해 있다는 것을 인정할 수가 없었다.

─입으로 말한다고 해서 다 말이 아니야. 내가 십 년 동안 잠들어 있었다고 우리말도 못 알아듣는 줄 알아? 네가 지금 하는 말 다 개소리야. 수정이가 왜 몸을 팔아?

그럴 리가 없다고 생각했다. 아니 그럴 리가 없다고 믿었다.

형사인지 하는 사람이 병실을 나가기 전에 수정이가 힘들게 사는 거 같다는 말을 했을 때에도 그저 경제적으로 힘들거라고만 생각했다. 게다가 김하융은 지금껏 수정이에 대해 이창철이 둘려주는 것과 비슷한 그 어떤 말도 하지 않았다.

[그런데 왜? 왜 수정이가 몸을 팔아?]

신천명은 이해할 수가 없었다.

지금 이창철이 하는 말을 듣고 있자니 한 단어가 머릿속에 떠올랐다.

두고두고 마음속에 담아 두었던 단어. 생각하기도 싫었던 단어. 장난으로라도 여자에게 해서는 안 되는 단어가 있었다.

이 남자 저 남자와 몸을 섞는다, 더러운 몸뚱이라는 뜻과 함께 치욕스러운 내용을 담고 있으며 자신의 누나를 죽인 단어. 지금 그 단어가 신청명의 머릿속을 떠나지 않았다.

─수정아!

머리가 욱신거리고 욕지기가 치민다. 신천명은 자신이 꿈속에서 악몽을 꾸고 있다고 믿고 싶었다.

이따위 현실을 알기 위해서 십 년 만에 깨어난 것이 아니었다.

미치도록 날뛰며 소리라도 지르고 싶지만 그렇게 할 수도 없었다. 십 년 간의 취침은 신천명의 뼈와 근육 기능을 최악으로 바꾸어 놓았다.

그래도 이를 악물고 재활 치료를 받은 이유는 단 한 가지였다. 오직 수정이를 만나는 것. 그 희망으로 이를 악물고 견디고 또 견뎠던 것이다.

[참고 또 참으면서 꿈속에서라도 만나기를 기도했는데.]

그러나 수정이는 변했다고 한다. 그것도 최악으로. 생각하기도 싫은 악몽이 눈앞에서 재생되고 있었다.

−걸레?

−네. 수정이 그 걸레에 대해 물어보려고 찾아왔냐구요?

−사건을 하나 조사하던 중인데 궁금한게 있어서요.

−젠장!

거들먹거리는 꼴에 노랗게 염색한 머리. 내일 모레면 서른인 남자가 껌을 씹으며 이수정을 걸레라고 거리낌 없이 지칭하는 게 최무직 형사는 영 마음에 들지 않았다.

그렇다고 비행 청소년 훈계하듯 야단칠 수도 없는 노릇이니 그냥 듣고 있을 따름이었다.

−뭐가 궁금한 건데요?

영락없는 양아치의 모습. 최무직 형사는 지금 앞에서 한껏 거들먹거리는 남자가 어떤 인간인지 잘 알고 있었다.

십 년 전 학교 옥상에서 벌어진 성폭행 미수 사건의 현장에 있었던 남자 중 한 명인 것이다.

―십 년 전 고등학교 옥상에서 말이죠.

최무직 형사의 입에서 십 년 전이라는 단어가 흘러나오자 이제까지 건들거리던 남자가 정색하는 표정으로 일순 껌을 씹던 동작을 멈추었다. 최무직 형사는 남자의 반응을 놓치지 않았다.

[뭔가 있군.]

―여자 분은 평소에도 학교 옥상에서 그쪽 분들에게 돌아가며 성폭행을 당했고, 옥상에서 뛰어내려 식물인간이 된 남자를 자신의 남자 친구라고 진술했습니다. 그런데 남자 분들의 진술서를 보니 여자 분의 진술과 다르더군요. 게다가…….

최무직 형사는 슬슬 발동을 걸기 시작했다. 갑자기 꿀 먹은 벙어리가 된 남자에게 더 많은 정보를 얻어 내야 했다.

말을 하지 않아도 눈빛과 행동만으로도 그 사람이 진실을 말하는지, 아닌지를 알 수 있다고 믿는 최무직 형사. 그는 자신의 떡밥을 눈앞의 양아치, 즉 그때 학교 옥상에 있었던 남자 중 한 명인 박기호가 덥석 물어 주기를 바라고 있었다.

―박기호 씨는 옥상에서 떨어져 식물인간이 된 신천명이 자신의 무리 중 한 명이라고 하셨어요. 그런데 여자 쪽 얘기는 그게 아니라고 하네요. 그때 옥상에서 무슨 일이 있었던 겁니까?

박기호는 당황한 기색이 역력한 얼굴로 자신 앞에 놓인 커피

잔을 내려다보며 마지못해 입을 열었다.

─그 일은 이미 십 년 전에 끝난 거 아닙니까?

왜 지금에 와서 그런 걸 물어보냐고, 대답 같은 건 하고 싶지 않다는 거부의 신경질이 박기호의 얼굴에 가득 담겨 있었다.

최무직 형사가 그러한 박기호를 날카롭게 쳐다보며 의미심장한 말 한마디를 던졌다.

─아직 끝나지 않았습니다.

─네?

최무직 형사의 말에 박기호가 놀라서 씹던 껌을 떨어뜨렸다.

─끝나지 않았다고요?

─네, 사건 자료를 검토하던 중에 이게 나왔거든요.

최무직 형사는 서류 한 장을 박기호 앞에 내려놓았다.

─이수정 씨가 박기호 씨와 다른 분들을 성폭행 혐의로 고소한 고소장입니다. 그런데 무슨 이유에서인지 고소장만 제출하고 경찰서에 오지 않았더군요. 그래서 담당 형사도 사건을 덮어 버렸지요. 그런데 제가 갑자기 이 사건에 관심이 생겨서요. 공소 시효도 아직 남았다는 거 아세요? 그래서 조사를 좀 하려고…….

최무직 형사가 말끝을 흐리자 박기호는 마른침을 삼키며 탁자 위에 놓인 고소장 사본을 들더니 꼼꼼히 읽기 시작했다.

거기에는 성폭행을 당한 이수정이 경찰의 조사를 원한다는 내용이 적혀 있었다. 성폭행범으로 지목된 남자들의 이름 중에 박기호도 있었다.

─재미있는 건 말입니다, 박기호 씨.

더 이상 거들먹거리지 않는 박기호를 향해 최무직 형사는 승리의 미소를 보일 듯 말 듯 지었다. 아직 이렇다할 조사가 시작된 것은 아니지만 이 사건 뒤에는 분명 구역질나는 무언가가 존재하고 있다는 형사로서의 직감 때문이었다.

─성폭행범으로 고소된 사람 중에 신천명의 이름은 없다는 겁니다.

─그건.

─그건? 뭐 하실 말씀이라도 있습니까?

최무직 형사의 질문에 박기호는 다시 입을 다물었다.

─십 년 전 박기호 씨 진술에는 신천명이 이수정 씨를 성폭행하려 했고, 그것을 말리려고 박기호 씨와 다른 친구들이 옥상에 간 것으로 되어 있더군요.

최무직 형사는 십 년 전 박기호가 진술했던 내용을 다시 들려주었다.

─그때 박기호 씨의 친구 분 가운데 한 명은 신천명 씨에게 공격을 당해 얼굴 한쪽이 함몰됐다고 하더군요.

─도대체 알고 싶은 게 뭡니까?

─제가 알고 싶은 거요?

거센 반발의 기미가 보이는 박기호를 보며 최무직 형사는 아직은 때가 아니라는 걸 느꼈다. 여기서 고삐를 더 잡아당길 수는 있겠지만 그랬다가 오히려 끊어질 수도 있다는 것을 오랜 형사 생활로 터득했기 때문이다.

-아유, 저야 그냥 진실이 궁금한 거죠.

실실 웃으며 말하는 최무직 형사의 얼굴과 벌레라도 씹은 듯한 박기호의 얼굴이 커피숍 유리창에 사뭇 상반되게 비춰지고 있었다.

-피해자는 있는데 가해자는 없이 흐지부지 끝났으니 정말 신기하지 않습니까? 보통 이런 사건에는 언론에서 먼저 알고 득달같이 달려들 텐데 언론도 무척 조용했단 말이죠.

-그래요? 그 일이 언론에서 관심 가질 만큼 큰일이 아니었나 보죠.

목덜미를 따라 흐르는 땀을 닦으며 별일 아니었다는 듯 말하는 박기호. 최무직 형사는 이쯤에서 자리를 끝내기로 했다.

-나중에 시간 되면 경찰서에 한번 와 주시겠어요?

자리에서 일어나며 묻는 최무직 형사의 시선을 외면한 박기호는 못 들은 척 대답을 하지 않았다.

-조만간 친구들도 모두 경찰서에 오셔야 할 거예요. 그런데 그때 얼굴이 함몰되었다는 분 이름이 뭡니까?

-그건 갑자기 왜?

-그냥 궁금해서요. 갑자기 기억이 안 나네.

최무직 형사가 정말로 기억이 나지 않아서 묻는 것은 아니었다. 다만 박기호의 반응이 궁금했을 뿐이다.

-요한.

-뭐라고요?

-요한 김.

-김요한 씨?

-네.

병원 복도 의자에 초조한 모습으로 앉아 있던 이십 대 후반의 남자가 자리에서 일어나 간호사를 향해 천천히 걸어갔다.

-저를 따라오세요.

간호사가 친절한 웃음으로 말하자, 김요한이 고개를 끄덕이며 간호사의 뒤를 따랐다.

넓은 구조와 깔끔한 인테리어로 치장된 병원의 복도를 걷던 김요한은 앞서서 걷는 간호사의 토실한 엉덩이를 바라보며 쓴 웃음을 지었다.

옛날 같았으면, 하다못해 결혼 전이었다면 꽤 탐스러운 엉덩이를 가진 간호사에게 벌써 전화번호를 달라고 수작을 걸었을 것이다.

하지만 결혼 후에는 모든 것이 달라졌다. 그 좋아하던 룸살롱에도 안 가고 가끔 어울려 놀던 여자들과도 모두 연락을 끊었다.

하늘에서 천사가 내려와 교화를 시켜준 것은 물론 아니다. 오히려 천사가 내려왔다면 김요한은 그 자리에서 천사에게 수작을 걸고도 남았을 인간이다.

망나니처럼 살았던 김요한을 개과천선 시킨 계기는 결혼이었다.

남들을 괴롭히기 바빴던 고등학교 시절을 보내고 집안의 돈과 힘으로 명문 대학에 입학한 김요한. 교수들에게 다른 학생과 자신은 근본부터 다르다는 것을 적극 표현하고 실력이 아닌 뇌물로 졸업까지 좋은 성적으로 한 그는 분명 남들과 다른 인생을 살아왔다. 그런데 결혼을 하고 아이가 생기면서 김요한은 변했다. 아니, 마음 먹었다. 가능한 다른 사람과 비슷하게 살려는 노력을 하고 있는 것이다.

ㅡ여기에서 조금만 기다리세요.

커다란 유리벽 앞에 자신을 놔둔 채 안으로 사라지는 간호사의 뒷모습을 보며 김요한은 애써 담담한 표정을 지었다.

[김요한, 이제 너는 다른 인생을 사는 거다.]

김요한은 커튼이 쳐진 유리벽을 뚫어져라 쳐다보았다.

이윽고 커튼이 젖히고 이곳까지 자신을 안내한 간호사가 보자기에 쌓인 갓난아이를 안고 다시 나타났다.

아직 눈도 뜨지 못한 채 꼭 다문 입술을 오물거리며 이리저리 조금씩 움직이는 갓난아이였다. 어쩜 저리 작을까.

ㅡ아가야, 내가 아빠야.

김요한은 감격에 찬 얼굴로 유리벽 너머 갓난아이를 향해 손을 흔들었다.

ㅡ내가 바로 아빠란다.

자신의 목소리가 아기에게 들리지 않는다는 걸 알면서도 김요한은 계속 아빠라는 단어를 되풀이했다.

아기의 발에 채워진 발찌에 여자아이라는 것을 뜻하는 〈우〉 특수 기호가 찍혀 있었다. 딸의 아빠가 된 김요한.

그런데 딸을 사랑스럽게 바라보는 김요한의 눈빛 한구석에 두려움이 비쳤다.

무언가를 두려워하는 김요한. 그는 가능하다면 자신의 과거를 지우고 싶었다. 그게 가능하다면 말이다.

　-카! 역시 이 맛이야.
　소주 한 잔을 시원하게 들이켜며 탄사를 터뜨리는 선배를 보며 최무직 형사는 예전에 자신이 알았던 선배의 모습이 기억나 기분이 좋아졌다.
　[지금도 형사라면 더 편하게 얘기할 텐데.]
　그랬다. 지금도 둘 다 형사라면 이것저것 눈치 안 보고 십 년 전 그 이상한 사건에 대해 이런저런 얘기를 할 수 있을 것이다.
　그러나 지금은 힘들다. 이제 선배는 경찰이 아닌 일반인이고 자신은 형사이니 말이다.
　-십 년 전 이수정 사건이 궁금하다고?
　아직 고기가 익지도 않은 상태에서 먼저 본론을 치고 나오는 선배의 모습에 최무직 형사는 약간 당황스러웠다.
　어떻게 얘기를 꺼내야 할까 걱정하고 있던 터에 먼저 얘기를 꺼낸 선배가 고맙기는 했지만, 선배가 그 사건에 대해 얘기하는 것을 그리 달가워하지 않는다는 걸 느꼈다.
　-십 년 전 그때 점심을 먹고 사무실로 돌아왔는데…….
　-네, 선배.
　-형사실이 난리도 아닌 거야.
　-난리요?
　-응, 한 여자아이는 울면서 자신을 성폭행했던 남자들을 지목하기에 바빴고 또 다른 쪽에서는…….

-사건 덮어!

-덮으라니요? 그게 무슨 말씀이십니까?

형사 앞에 앉아 있는 검은색 정장을 입은 남자. 그 남자는 자신의 사무실 밖에서 들리는 여자아이의 비명과 고함 소리에 인상을 찡그렸다. 그와 동시에 방금 형사가 올린 조서가 담긴 서류철을 보지도 않은 채 덮어 버렸다.

-위에서 명령이 내려왔다. 사건 덮으라고. 그러니까 잔말 말고 덮어. 저쪽은 알아서 합의 볼 거야.

-사건을 그냥 덮었다고요?

최무직 형사는 지글거리는 소리를 내며 구워지는 삼겹살에는 손도 대지 않은 채 선배의 얘기에 푹 빠졌다.

최무직 형사도 형사 생활을 하며 이와 비슷한 일을 여러 번 겪었다. 그럴 때마다 최대한 원칙대로 일을 처리하려고 했고, 그 부작용으로 진급에서 번번이 누락되었다. 최소한 자신은 형사들끼리 '이빨 친다'라고 표현하는 일은 하지 않았다. 다시 말해 사건을 조사도 하지 않고 일부러 덮는 짓은 하지 않았다는 말이다.

그런데 서울을 비롯해 전국 형사들 중에서 가장 끈질기고 원칙대로 행동했다고 이름이 알려진 '미친개'가 사건을 덮어 버렸다는 것은 실로 놀라움을 금치 못할 일이다.

-왜? 놀랍냐?

어느새 혼자서 소주 반병을 비운 선배의 자조 섞인 물음에 최무직 형사는 어떤 대답도 할 수 없었다.

─새끼들은 하루하루 커가는 데 상부에 찍히면 어떻게 될까, 라는 생각이 불현듯 머리를 스치더라.

저녁 시간대라 술집 안은 꽤 많은 사람들로 시끌벅적 붐볐지만 선배의 음성만은 또렷하게 들렸다.

─공무원들도 구조 조정을 시작하는 바람에 너도나도 상부에 찍히지 않으려고 몸을 사리던 때였지.

─압니다. 선배님.

─그래? 사건 덮으라고 명령한 것도 상부가 아니라 검찰 쪽에서 내려온 거였어.

─네?

─거기다 자살자는 왜 그리도 많은지, 하루에도 몇 명씩 시체가 나오니 지칠 대로 지치더군. 그래서 그냥 이거 하나만 넘기자 생각했지. 상부에도 찍히지 않고 힘든 일거리 하나 줄이드니까. 거기다…….

─거기다?

─이수정이 지목한 남자들 중 한 명의 아버지가 누군지 알게 되니 밀어붙일 생각이 더 안 들더군.

─그게 누군데요?

─김갑물!

─김갑물? 어디서 들어 본 이름인데.

─당연히 들어 봤겠지. 세 번씩이나 국회 의원을 해먹은 인간이니까. 지금도 정치 쪽에 엄청난 힘을 가지고 있다더라.

-국회 의원이요?

국회 의원이라는 말에 최무직 형사가 놀라서 소리치자 선배가 웃으며 소주잔을 입으로 가져갔다.

-요샛말로 대박이지?

대박이라는 선배의 말이 아니더라도 이건 정말 엄청난 윗선이었다. 십 년 전 국회 의원이 압력을 넣었다면 모르긴 몰라도 검찰도 꽤 높은 윗선에서 사건을 덮으라고 지시했을 테니 말이다.

당시 선배가 어떤 마음이었을지 최무직 형사는 알 것 같았다. 조사를 하고 싶어도 못하는 형사의 마음이 쓰디쓴 소주 같았다.

-그래서 매일매일 경찰서로 찾아와 자기가 그놈들에게 수시로 성폭행을 당했다고 울며 매달리는 이수정한테 내가 그랬지.

-억울하면 성폭행으로 고소장 써.

눈물로 범벅이 된 이수정 앞에 서 있던 형사는 자신이 더 이상 해 줄 수 있는 게 없다고 말하려고 했다. 그러나 법을 지켜야 하는 사람으로서의 마지막 배려였을까.

그는 이수정에게 고소장을 써 오라고 했다.

그러고는 천천히 고개를 끄덕이는 이수정을 몇 초간 더 바라본 뒤 형사실로 돌아갔다.

그렇게 며칠이 지났을까, 굳은 얼굴로 경찰서에 다시 나타난 이수정은 성폭행 사건 피해자로 고소장을 제출했다.

-그런데 이상한 건 그 뒤로 이수정이 다시는 경찰서에 나타

나지 않았다는 거야.

−왜요?

−모르지. 생각이 바뀌었는지 아니면 합의를 봤는지. 경찰서에 다시 나오라고 연락했더니 이수정이 사라지고 없었어.

−그래서 고소장만 남고 사건이 종결되었군요.

−그 고소장 아직도 있어?

−네. 그때 자료들 속에 아무렇게나 쑤셔 박혀 있더군요.

최무직 형사는 이수정이 작성한 고소장 사본을 꺼냈다.

−이거 맞죠?

선배가 고개를 끄덕였다.

−맞네! 당사자가 실종됐으니 아무것도 할 수가 없었지.

−지금은 어디 있는지 파악이 됐어요.

−그래?

선배가 심드렁하게 말했다.

−그런데 힘들게 살고 있어요.

−그렇겠지.

선배가 우울한 얼굴을 하자 최무직 형사는 이수정이 사창가에서 몸을 팔고 있다는 말은 하지 않았다. 과거의 일로 선배를 더 이상 괴롭히고 싶지 않았기 때문이다. 선배 스스로도 충분히 괴로워했을 걸 알기에.

−술이나 더 먹죠, 선배. 오랜만에 이렇게 만났는데.

대화의 주제를 바꾸려 하는 최무직 형사를 향해 선배는 담담한 표정을 지으며 술잔을 기울였다.

-그래, 오랜만이다.

-정말 오랜만이지?

기나긴 잠에서 깨어난 지 이십여 일. 이제는 신천명도 하루에 한 번씩 병실을 찾아오는 김하융의 방문에 익숙해졌다. 밖으로 나가 산책이라도 하자는 김하융의 말에 신천명은 휠체어를 타고 병원 문을 나섰다.

-십 년 만에 보는 세상은 어떤지 물어보면 너무 가혹할까?

휠체어를 밀며 쉴 새 없이 떠드는 김하융을 놔둔 채 신천명은 자신의 몸에 닿는 햇빛의 감촉을 느꼈다.

병실 안에서 유리를 통해 바라보던 세상과 직접 피부로 느끼는 세상이 이렇게 많은 차이가 난다는 게 신천명은 새삼 신기했다.

[정말 따뜻하다.]

여름이 끝나고 가을이 시작되는 시점의 공기와 바람은 상쾌하면서도 따뜻했다.

-궁금한 게 있다.

햇빛을 느끼던 신천명이 고개를 들어 김하융을 보았다.

-뭐?

감정 없는 말, 어느새 신천명의 이런 반응에 익숙해진 김하융은 그동안 자신이 묻고 싶었던 것을 용기내서 물었다.

-네 몸이 회복되면 수정이를 먼저 찾아갈 거냐?

-글쎄.

신천명은 김하융의 질문에 답을 해 줄 수 없었다.

마음속에서는 수정이에 대한 그리움이 더해 갔지만 당장 달려가 만날 수는 없었다. 수정이가 지금 자신의 기대와 달리 다르게 살고 있다고 해서 그런건 아니었다.

그저 아직은 용기가 나지 않았다.

[내가 찾아갈 수 있을까? 가서 웃을 수 있을까?]

신천명은 김하웅을 보면서 조용히 고개를 흔들었다.

–잘 모르겠어. 하지만 확실한 건 있어.

햇빛은 너무 따뜻했다. 그러나 몸속에서 끓어오르는 분노는 화산처럼 뜨겁게 폭발하고 있었다.

–머릿속이 무지 뜨겁다는 거야.

심해 깊은 곳에 감추어진 차갑고 거대한 빙하처럼 아무도 그 깊이를 알 수 없는 분노와 미움, 그리고 원망이 신천명 속에서 터지기만을 기다리고 있는지 모른다.

–그렇구나.

김하웅은 휠체어를 잡고 있던 손의 힘을 풀었다.

–담배 줄까?

담배를 꺼내 드는 김하웅을 향해 피식 웃음을 터뜨린 신천명이 대답을 하기도 전에 다른 곳에서 먼저 대답이 들렸다.

–그 담배 저도 하나만 얻읍시다.

친절한 옆집 아저씨 같은 얼굴로 이마에 흐르는 땀을 손으로 훔치며 나타난 사람은 바로 최무직 형사였다.

누가 봐도 형사라 생각하기 힘든 외모로 무장한, 다른 기준에서 본다면 범인에게 형사임을 들키지 않고 위장하기 좋은 보호

색을 가지고 있는 사람이었다.

최무직 형사가 김하융을 본체만체하고 신천명에게 알은체했다.

―잘 지내셨습니까. 신천명 씨?

―네. 덕분에.

―하하. 그럴 리가요? 제가 한 게 뭐가 있다고.

―그러게요. 이 나라는 쓸모없는 예의로 포장된 단어가 너무 많아서 저도 모르게 예의상뿐인 말을 했네요.

신천명이 웃는 얼굴로 말했다. 너 같은 인간에게 예의를 차린 게 실수였다는 뜻이 담긴 말이었다. 일순 최무직 형사의 얼굴이 굳어졌지만 김하융은 '풉'하는 소리를 내며 웃음을 터뜨렸다.

허나 최무직 형사도 산전수전, 공중전에 우주전까지 겪은 형사답게 재치 있는 입담으로 신천명의 말을 받아넘겼다.

―하하, 예의 없는 사람끼리는 서로를 알아본다고 하더니 어째 저랑 신천명 씨는 말이 잘 통할 것 같습니다.

―그런데 김하융, 신천명 씨와 아는 사이였나?

이번에는 김하융에게 질문을 던졌으나 김하융은 고개를 돌리며 대답을 피했다.

―신천명 씨도 대단하십니다그려. 십 년 동안 잠들어 있던 분이 이 근방에서 제법 힘깨나 쓴다고 알아주는 사람과 친분이 있다니 말입니다. 외모로 봐서는 전혀 어울리지 않는 사람들인데.

최무직 형사의 비꼬는 말투에도 불구하고 신천명은 그저 미소만 지었다.

―어쨌든.

최무직 형사는 본격적으로 방문 이유를 말했다.

-십 년 전 사건을 조사하다 무심코 이걸 발견했어요.

최무직 형사는 이수정의 고소장 사본을 신천명 앞에 내밀었다.

-이수정 씨가 김요한 씨를 비롯해 두 명의 남자를 고소한 고소장입니다. 그런데 이수정 씨가 고소장만 제출하고 사라지셨더군요. 최근에 다시 거주지가 파악됐지만 말입니다.

-…….

-신천명 씨, 아직도 기억 안 나시나요? 십 년 전 학교 옥상에서 있었던 사건 말입니다.

-기억 안 납니다.

-정말 기억 안 나세요? 혹시 기억하지 말라고 누가 시켰습니까? 그것도 아니면 일부러 기억하지 않는 겁니까?

질문과 함께 최무직 형사의 눈길이 김하융을 향했다.

[네가 신천명을 협박하고 있냐?] 라는 불음이 담긴. 그리나 김하융은 담담한 얼굴로 최무직 형사의 눈길을 받았다.

-수십 차례에 걸쳐 남자들에게 성폭행당했다는 여자는 있는데, 성폭행을 한 사람도 그 여자를 위해 옥상에서 싸웠다던 남자도 없으니 참 신기하지 않습니까?

-그러게요.

최무직 형사의 떠보는 질문에도 신천명의 표정은 변함이 없었다.

-진실이 무언지 조사하면 나오겠지만, 제가 원하는 것은 신천명 씨의 기억이 돌아와 그날 학교 옥상에서 일어난 일을 저에

게 모두 말씀해 주시는 겁니다. 그래야 이수정 씨의 고소도 해결할 수 있을 테니까요.

－그렇군요.

－신천명 씨, 지금 자신의 입장이 어떤지 잘 모르십니까?

계속되는 단답형 대답에 짜증이 치민 최무직 형사의 목소리가 커지자 김하융의 눈가가 실룩거렸다.

－신천명 씨는 십 년 전 사건에서 이수정 씨를 성폭행하려다 미수에 그친 사람으로 지목되었다는 걸 아셔야 합니다.

－누가 지목했는데요?

최무직 형사가 손가락으로 김하융을 가리켰다.

－김하융에게 물어보세요. 누구보다 잘 알 테니까.

최무직 형사의 지목을 받은 김하융이 턱을 움찔거렸다.

－물어보죠. 그런데 어쩌죠? 그런 사건이 있었는지, 이수정이 누군지, 기본적인 기억 자체가 나질 않으니 무엇을 물어야 할지 도통 모르겠네요.

－뭐 좋습니다. 기억나면 물어보시고, 아니어도 할 수 없죠. 신천명 씨 마음대로 하세요.

최무직 형사는 어깨를 한번 들썩이더니 고소장 사본을 챙기며 중얼거렸다.

－이수정씨는 남자 친구라고 하던데.

－우리는.

신천명은 최무직 형사의 중얼거림에 자기도 모르게 말했다.

－아무 사이도 아니었습니다.

그러고는 김하융에게 병실로 데려다 달라고 했다.

그런 신천명에게서 순간이나마 슬픔의 그림자를 엿본 최무직 형사는 신천명이 지금까지 거짓말을 했다는 것에 더욱 확신을 가졌다.

형사를 속이는 사람은 많다. 범죄를 저지른 범죄인도, 범죄인을 두둔하는 사람도 언제나 형사를 속이려고 한다. 그럴 때마다 최무직 형사는 그 사람들에게 짜증과 함께 답답함을 느꼈다. 하지만 지금 자신을 속이는 신천명에게서 받은 느낌은 거짓말 속에 들어 있는 슬픔이었다.

[눈빛이 참 슬프네.]

가능하다면 병실로 돌아가는 신천명을 붙잡고 묻고 싶었다. 기억이 나지 않는다면서 이수정과 아무 사이도 아니라는 말은 무엇이며, 방금 지은 슬픈 표정은 무슨 의미인지 묻고 싶었다.

하지만 이미 대화의 시간은 끝났다.

어느새 병원 현관 앞에 다다른 신천명과 김하융의 뒷모습을 보며 최무직 형사가 중얼거렸다.

－정말 아무 사이도 아니었을까?

하늘에서 내리쬐는 뜨거운 햇빛과는 다르게 최무직 형사의 머리는 차갑게 돌아갔다.

－여기까지 온 김에 병원 기록 좀 뒤져 봐야겠군.

－내가 수정이를 성폭행하려 했다고?

신천명의 물음에 김하융은 말없이 고개를 끄덕였다.

-왜 내가 수정이를 성폭행하려던 사람으로 둔갑했지?

선배인 김하융을 동생 다그치듯 하는 신천명과 김하융의 침묵이 길게 이어졌다.

이윽고 김하융은 십 년 전 그때, 형사실에서 벌어진 추악한 사실들을 말하기 시작했다.

-신천명은 후배고, 이수정은 학교에서 알아주는 걸레예요.

아직 고3 학생임에도 불구하고 담배 냄새에 찌든 박기호가 뻔뻔스러운 얼굴로 참고인 자격으로 형사 앞에서 자신이 알고 있다는 내용을 늘어놓았다.

-원래 요한이랑 이수정이랑 사귀는 사이였는데, 신천명이 이수정을 한번 따먹으려고 학교 옥상으로 데려갔어요. 그런데 그 사실을 알게 된 요한이가 뒤따라 올라가면서 신천명이랑 싸우게 됐지요.

박기호가 주저리주저리 늘어놓는 진술에 형사는 쉴 새 없이 키보드를 쳤다. 김하융은 그 옆에서 조용히 박기호의 말을 듣고만 있었다.

-그러다 신천명이 요한이의 얼굴을 때려서 묵사발을 만들었고, 그걸 말리려던 이수정이가 신천명이를 옥상에서 던져 버린 거예요.

정신없이 얘기하던 박기호가 말을 마치더니 조용히 침묵을 지키던 김하융을 쳐다보며 자신의 말이 맞다고 인정하라는 눈빛을 보냈다. 그리고 몇 초의 침묵.

그때까지 침묵하고 있던 김하융이 천천히 고개를 끄덕이면서 말했다.

-박기호 말이 모두 맞습니다.

-박기호.

신천명은 바드득바드득 이를 갈았다. 지금이라도 당장 달려가 박기호의 머리통을 부숴 버리고 싶었다.

-개새끼!

박기호를 향한 것인지, 아니면 다른 누군가를 향한 것인지 모를 욕설을 내뱉으며 신천명은 휠체어의 팔걸이 부분을 힘차게 내리쳤다.

-미안하다, 천명아. 그때는 어쩔 수 없이 그 자식들 편을 들어야 했어. 핑계라는 걸 알지만 정말 어쩔 수 없었다.

김하융의 말은 진심이었다. 그것을 알아들었다는 표현일까? 신천명은 말없이 고개를 끄덕였다. 용서의 뜻인지, 단지 그때의 상황을 이해했다는 건지는 알 수 없었다.

-내가 부탁한 건?

대화의 주제를 돌리려는 듯 신천명이 김하융에게 부탁한 물건에 대해 물었다. 김하융은 며칠만 더 기다리면 물건이 들어올 거라는 긍정적인 대답을 주었다.

-이왕이면 강한 걸로 구해 줘.

[불쌍한 놈.]

사랑하는 여자를 잃고 얼음보다 차가운 영혼을 갖게 된 신천명.

벌써 스물여덟 살이지만 김하율의 눈에는 십 년 전, 쓰러진 이수정을 안고 애끓게 울던 순수한 열여덟 살 소년으로만 보였다.

십 년 동안의 잠에서 깨어난 신천명의 영혼과 마음에는 시간을 거슬러 올라가 옥상에서 떨어지던 그때의 감정이 고스란히 남아 있었다. 그 감정의 대부분은 이수정이라는 여자에 대한 사랑과 이수정을 성폭행한 남자들을 향한 복수심일 것이다.

신천명이 깨어났다는 사실을 김요한은 알고 있을까?

김하율은 김요한이 신천명의 부활을 최대한 늦게 알기를 바랬다. 그래야 신천명의 게임이 완벽하게 시작될 테니까.

─십 년 동안 병원비를 낸 사람이 신천명의 아버지라.

최무직 형사는 이해가 되지 않았다. 아니 방금까지 원무과 직원이 건네준 입원 기록을 읽어볼 때만 해도 이상할 게 하나도 없었다.

한 달 병원비로는 꽤 큰돈인 몇 백만 원의 병원비는 단 한 번의 연체 없이 제 날짜에 꼬박꼬박 입금되었다.

보내는 사람의 이름은 항상 신천명의 아버지였다. 아버지가 아들 병원비 내는 게 왜 그리 이상하냐 하겠지만, 아버지가 십 년 동안 단 한 번도 아들을 보러 병원에 온 적이 없다면 이상하지 않겠는가.

─제 자식 병원비는 내면서 병원에는 한 번도 오지 않다니 이해가 안 가네.

이 병원에서 이십 년이나 일했다는 원무과 책임자의 말에 의하면 신천명과 관계된 모든 병원 일은 팩스를 통해 신천명의 아버지에게 보고되었고, 그때마다 아버지의 사인이 기재된 회신이 돌아왔다고 했다.

십 년 동안 병원에 찾아온 사람은 단 두 명이었다. 신천명의 친구라고 자신을 소개했던 남자 한 명과 덩치 좋은 남자 한 명.

가끔씩 덩치 좋은 남자가 미용사를 데려와서 식물인간인 신천명의 머리를 다듬어 준 적은 있었어도 그 외의 사람이 병원에 찾아온 적은 없었다고 한다.

혹시나 해서 병원에서 수년 간 일했다는 간호사와 신천명을 담당했던 의사에게도 물어보았지만 돌아오는 대답은 똑같았다.

[찾아오는 사람이 거의 없었습니다.]

십 년 동안 홀로 있었던 환자.

그러나 십 년 만에 깨어난 지금도 찾아오는 사람이라고는 친구 이창철과 덩치 좋은 남자 즉 김하융뿐이었다.

－도대체 신천명의 정체가 뭐야?

최무직 형사는 신천명에 대해 알면 알수록 미궁 속으로 빠져드는 것만 같았다.

까면 깔수록 매콤한 냄새가 진동하는 양파 같은 남자 신천명. 어디까지 조사해야 신천명에 대해 알 수 있을까, 라는 의문이 들 정도였다.

－아휴, 머리 아프네.

개인적으로 최무직 형사는 이런 유형의 사람을 싫어한다. 내용을 까면 시원하게 모든 것이 눈앞에 드러나는 것이 좋다.

예를 들어, 꽃뱀 사건이나 사기 사건 같은 경우는 들춰내고 뭐고 할 것도 없다. 보고만 있어도 누가 거짓말을 하는지, 누가 누구를 속이려 하는지 바로 감이 온다고나 할까.

그러나 강력 사건, 특히 성폭행이라는 단어가 들어간 사건에 이 유형의 사람이 있으면 형사 아닌 형사 할아비가 와도 명쾌한 해답을 얻기 힘들다.

까도 까도 끝없이 껍질이 존재하는 신천명이다.

신천명은 십 년 동안 식물인간 상태였고, 깨어난 지금은 아무런 기억도 나지 않는다고 발뺌하고 있다.

그리고 꼬리를 무는 의문 하나. 이수정은 왜 고소장만 작성하고 돌연 사라져 버린 걸까?

그때 이수정이 사건을 그대로 진행했다면 아무리 상대방이 국회 의원 아들이라 해도 어느 정도의 가시적인 성과는 올릴 수 있었을 것이다.

대한민국에서 권력과 돈이 아무리 많다고 해도 국민들이 용서 못하는 사건이 크게 세 가지 있다.

병역 비리와 마약 그리고 성폭행.

때문에 권력을 지니고 있는 사람들이 이러한 사건에 휘말릴 경우 수단과 방법을 가리지 않고 덮으려 한다. 지금도 어딘가에서는 부단히 노력하고 있는 사람이 있을 것이다.

그러므로 이수정은 사라질 게 아니라 이 사건을 끝까지 밀고 나가 금전적인 보상이라도 받고 사건을 마무리 지었어야 했다. 권력자들이 어떻게든 사건을 덮기 위해 이수정의 입을 틀어막으려고 했을 테니 말이다. 그렇다면 이수정은 지금 사창가가 아닌 다른 곳에 있을지도 모른다.

성폭행당한 게 맞으면 이수정이 사라지는 게 아니라 이수정을 성폭행한 남자들이 사라져야 이치에 맞다.

그런데 십 년 전에 홀연히 사라졌다가 얼마 전 다시 나타난 사람은 바로 이수정이었다. 그리고 운명의 장난처럼 이수정이 다시 나타난 지 얼마 뒤에 신천명이 깨어났다.

―대충 끝내려 했는데. 이 사건 참 복잡하네.

병원을 나오던 최무직 형사는 정문에 서서 병원 건물을 올려다보았다.

깨끗하고 청결해 보이는 병원 건물. 하지만 최무직 형사의 눈에는 무언가를 숨기고 있는 악마의 보금자리처럼 느껴졌다. 때를 기다리며 쉬고 있는 악마의 보금자리.

그는 지금 자신이 느낀 감정이 기우에 불과하기를 바랐다.

―이수정이 사라진 이유부터 조사해 봐야겠군.

최무직 형사는 이 사건에서 빠져나오기에는 이미 너무 깊이 발을 담갔다는 사실을 깨달았다. 벗어날 수 없는 올가미에 빠져든 느낌.

광기와 슬픔을 간직한 눈빛의 신천명과 이수정이라는 올가미에 말이다.

3장 걸레라는 이름으로

진짜 걸레는
그깟 호칭으로
사람의 가치를
차가운 바닥에
내동댕이치는
너희들의 썩은
입이다.

-수정이가 사라졌었다고?

신천명은 섬뜩한 기분이 들었다. 그것은 두려움이자 이수정을 나락으로 떨어뜨린, 어쩌면 이수정을 사라지게 만든 그 원흉 때문이 아닐까, 하는 예감이었다.

그리고 김하융의 대답에서 신천명은 자신의 두려움이 맞아떨어졌음을 알았다.

-사진이 인터넷에 뿌려졌었다.

혹시나 했다. 설마 했다. 그러나 자신이 잠든 사이 두려움은 현실이 되어 있었다.

-너도 알지? 수정이가 처음 그 자식들에게 당하던 날, 모든 장면이 카메라로 찍힌 거.

-이 개자식!

신천명이 고함을 지르며 병실에 있는 꽃병을 들어 김하융을 향해 던졌다. 꽃병을 정통으로 맞은 김하융의 얼굴에서 피가 흘러내렸다.

-천명아, 다치면 어쩌려고 그래.

얼굴이 찢어져 피를 흘리면서도 김하융은 아직 제대로 걷지 못하는 신천명이 다칠 것을 먼저 걱정했다. 이러한 고통쯤은 얼마든지 견딜 수 있다는 표정으로…….

철저하게 자신의 잘못을 인정하고 어떤 고통이든 달게 받아들이겠다는 죄 많은 인간의 속죄의 모습이 바로 이런 걸까.

허리를 숙인 탓에 핏방울이 방울방울 깨진 꽃병 조각 위로 떨어졌지만 김하융은 침착하게 입을 열었다.

-막으려고 했었다. 사진도 그 일도 전부 다.

하지만 막지 못했다. 신천명이라는 버팀목까지 사라진 이수정을 김하융은 지켜 주지 못했다.

김하융의 눈에 물기가 차올랐다. 얼굴을 타고 흐르던 핏물에 눈물이 섞여 더 큰 핏방울을 만들어 냈다. 핏줄기는 김하융의 양심적 고통과 함께 바닥으로 쏟아져 내렸다.

-내가 할 수 있는 건 아무것도 없었다. 미안하다.

-이수정 그 망할 년 가만 안 둬.

얼굴의 반을 붕대로 감고 있는 김요한이 카메라를 만지작거리더니 비릿한 웃음을 지었다.

-씨발, 우리가 그렇게 입단속 잘하라고 했는데 고소를 해?

박기호가 질세라 거친 욕설을 내뱉었다.

-자, 이거면 이수정도 더 이상 주둥이를 놀리지 못할 거야.

-아, 아깝다. 조금 더 재미보려고 했는데.

박기호가 김요한이 내민 카메라를 받아 들며 말했다.

-아서라. 이제는 이수정 몸에서 걸레 썩은 내가 날 거야.

-하하, 그런가?

낄낄거리는 패거리들 속에서 김하융의 얼굴이 일그러졌다.

-잠깐만 줘 봐. 나도 좀 보게.

박기호에게 손을 내미는 김하융에게 김요한이 의외라는 표정을 지었다.

-왜, 이제 와서 후회돼?

박기호가 비열한 웃음을 지으며 카메라를 건넸다.

-그래, 후회된다. 너희 같은 쓰레기들 뒤치다꺼리 해 주러 다닌 시간들이 너무도 후회된다.

말이 끝남과 동시에 김하융이 카메라를 바닥에 내동댕이 쳤다. 그러고는 카메라를 부서져라 힘껏 밟았다. 마치 김요한과 패거리들을 향한 발길질인 것처럼.

갑작스러운 김하융의 행동에 박기호와 최신종, 김요한이 누구도 움직일 생각조차 하지 못한 채 그 자리에 못 박힌 듯 서 있었다. 아무리 김요한의 아버지가 날고 기는 사람이라 해도 눈앞에 있는 김하융의 엄청난 힘에는 누구 하나 대항할 자신이 없었다.

-이제 이수정 건드리지 마라! 어차피 네 아버지가 나서서 모든 일을 해결했으니 더 이상 이수정도 신천명도 건드리지 마! 나도 앞으로 너희들과 어울릴 일 없을 거다.

김요한을 향해 제 할 말만 마친 김하융이 병실 문을 박차고 나갔다.

-저, 저 자식이 미쳤나.

최신종이 김요한의 눈치를 살피며 박살난 카메라를 들어 올렸다. 그러더니 망가진 부속품들 사이에서 메모리칩을 빼냈다.

-야, 메모리칩은 멀쩡해.

-병신 새끼. 엉뚱한 곳에 힘자랑했군.

김요한이 다시 한번 비릿한 웃음을 지으며 말했다.

-사진 올려. 수정이 그년도 저 새끼도 나를 우습게 본 대가를 치루게 해야지.

-그때는 몰랐어. 메모리칩이 중요하다는 걸. 카메라만 부수면 된다고 생각했던 내 무식함이 결국은 이수정를 지옥으로 이끌었지.

김하융은 말을 이어가며 깨진 조각들을 모아 쓰레기통에 버렸다.

얼굴에서 흐르는 피의 양이 점점 많아졌지만 신천명도 김하융도 그 모습이 눈에 들어오지 않았다.

-그 뒤로…….

김하융도 그때의 기억을 떠올리는 것이 힘든지 말끝을 흐리며 신천명을 보았다.

심하게 떨리는 신천명의 손. 그의 고집스러운 눈빛이 어서 빨리 이수정이 무슨 일을 겪었는지 말하라고 김하융을 다그쳤다.

-수정이는 학교에서 걸레라고 불렸다.

-크으윽.

신천명이 결국 무너졌다.

신천명은 심장에서 피가 거꾸로 솟구치는 듯한 충격과 슬픔에 몸을 가눌 수가 없었다.

-김요한을 비롯한 그 자식들 얼굴은 교묘하게 가려진 채 수정이의 모든 사진이 인터넷에 뿌려졌지. 마지막 희망마저 무너져 내리자 수정이는 더 이상 학교에서 버틸 수 없었을 거야. 하다못해 나라도 학교에 남아 있었더라면 도와줬을 텐데. 나도 김요한 때문에 학교에서 퇴학당해서 지켜줄 수가 없었다. 미안하다, 천명아. 정말 미안하다…….

─수……, 수정이가 그런 고통 속에서 지냈다고?

신천명은 알아야 했다. 자신이 십 년 전이나 지금이나 똑같이 사랑하고 그리워하는 이수정이라는 여자가 학교에서 어떤 일을 당했는지 꼭 알아야만 했다.

그러나 김하웅은 대답할 수가 없었다. 그저 말없이 병실 바닥을 치우는 것만이 지금 그가 할 수 있는 전부였다.

한참 뒤 신천명이 결론을 내듯 입을 열었다.

─내가 나가서 끝을 낼 거야.

그 말뜻을 잘 알고 있는 김하웅은 바닥에 흥건하게 고인 자신의 피만 하염없이 바라보았다.

─바쁘신데 제가 방해한 건 아닌지 모르겠습니다.

─아닙니다. 중간고사 준비가 끝난 터라 시간이 좀 있습니다.

너스레를 떨며 교무실에 들어선 최무직 형사가 맞은편에 있는 남자에게 명함을 내밀었다.

─일 때문이지만 선생님 앞이라 그런지 긴장되네요. 학교 다닐 때 제가 선생님께 많이 혼났었거든요. 하하.

─별말씀을. 학생 문제로 물어볼 게 있으시다고요?

사람 좋아 보이는 웃음을 짓는 최무직 형사를 상대하는 남자는 이 학교에서 십사 년 동안 근속을 한, 그리고 십 년 전 이수정과 신천명의 담임 교사였다.

─일 얘기는 천천히 하시죠. 그런데 학교 건물들이 정말 으리으리합니다. 재단이 돈이 많은가 봐요?

땅값이 비싸기로 유명한 땅에 몇 십 년간 버티고 있는 사립 학교라면 둘 중 하나다. 재단이 돈이 많든가, 아니면 재단의 우두머리가 권력의 실세든가.

다른 공립 학교의 경우 기존에 터를 닦고 학교를 운영하다 지역 땅값이 올라가면 학교를 이전하는 일이 많다. 그러나 사립 학교인 경우에는 그런 경우가 별로 없다.

그런 의미에서 최무직 형사가 방문한 이수정과 신천명 그리고 이들보다 한 학년 높았던 김요한과 박기호 등이 다녔던 고등학교는 엄청난 재단이 뒤에 버티고 있는 게 분명했다.

그렇지 않고서야 어떻게 학교 건물을 대리석으로 도배질을 할 수가 있냔 말이다.

―사람들이 건물만 보면 다들 놀라죠. 하지만 실상을 알면 건물이 전부가 아니라는 걸 금세 알게 됩니다.

―실상이라, 무슨 말씀이신지?

―최 형사님은 우리 학교 별명이 뭔지 아십니까?

자조적인 웃음을 지으며 최무직 형사의 명함을 지갑에 넣은 선생은 자신의 명함을 꺼내 최무직 형사에게 건네주었다.

[박봉단? 이름 하나 기가 막히네.]

웃는 얼굴로 명함을 받아 든 최무직 형사는 박봉단 선생의 질문에 어깨를 으쓱거렸다.

―형사질만 하며 살아온 제가 그런 걸 어찌 알겠습니까. 학교 이름도 처음 듣고 왔습니다.

모르는 걸 모른다고 대답했는데 뭐가 이상한 걸까? 박 선생은 그것도 모르냐는 얼굴로 친절하게 설명을 덧붙였다.

-언덕 위의 고급 걸레촌입니다.

-네?

-걸레촌이요. 남자고 여자고 모두 발정난 개들처럼 헐떡거린다고 해서 붙여진 별명입니다.

-아이고, 학교마다 이상한 별명이 붙는 거야 어디고 똑같죠. 하지만 선생님들 입장에서 보면 좀 그렇긴 하겠습니다.

자신이 오랫동안 근무한 학교의 민망한 별명을 아무렇지도 않게 말하는 사람의 정신 상태가 의심스러울 정도로 박 선생의 표정은 덤덤했다.

[걸레촌? 겉으로만 봐서는 대학교라고 해도 될 만큼 화려한데 별명은 참 가관이군.]

-다른 학교에서 사고 친 놈들이 돈만 있으면 기부 전학이 가능한 학교예요. 내신 성적을 위해 일부러 이 학교에 진학하던 학생들의 발길도 몇 년 전부터는 아예 끊겼습니다. 이제는 돈 받고 문제아들만 받아 주는 학교가 된 거죠.

-그렇군요.

말로만 듣던 둥지 학교가 자신이 근무하는 담당 구역에 있었다는 사실에 최무직 형사는 깜짝 놀랐다. 비행 청소년들에게 졸업장을 주기 위해 존재한다는 의미로 둥지라 불리는 그런 학교 말이다.

-그래서 교무실에 형사나 경찰이 찾아오는 건 이제 익숙해졌습니다. 경험이라고 하면 좀 그렇고 이제는 적응됐다고 하는 게

맞겠군요.

 ―아, 네.

 ―형사님은 누구 때문에 찾아오셨습니까? 저희 반만 해도 사고 칠 애들이 너무 많아서 이제는 감도 못 잡겠습니다.

 자포자기 했다거나 아이들을 비웃는 그런 모습이 아니었다. 이렇게라도 자신의 감정을 통제하지 않으면 정말로 학생들을 포기할 것만 같다는 표정을 하고 있는 박 선생에게 최무직 형사가 말했다.

 ―선생님 반은 맞는데 지금 가르치시는 학생은 아닙니다.

 ―그럼 자퇴 학생인가요?

 ―혹시 십 년 전에 이 학교에 다녔던 이수정이라는 학생을 기억하세요?

 ―이수정?

 이수정이라는 단어에 박 선생의 얼굴이 금세 굳어졌다.

 ―기억합니다. 기억 안 할 수 없죠. 수정이 때문에 학교가 발칵 뒤집혔었거든요.

 ―그럼 몇 가지 질문을 좀 하겠습니다.

 ―그러세요. 질문 받는 거야 익숙합니다.

 박 선생은 익숙하다면서 최무직 형사의 질문이 못내 걱정스럽다는 얼굴이었다. 최무직 형사는 박 선생의 표정을 관찰하며 수첩과 펜을 꺼내 들었다.

 [조금 전까지 덤덤하던 사람이 이수정 얘기에 흔들리네?]

 ―이수정 씨가 십 년 전 이 학교 옥상에서 일어난 사건 이후

사라졌었습니다. 혹시 알고 계셨나요?

박 선생은 고개를 끄덕였지만 표정은 편치 않았다.

-그렇군요. 사실 학교를 그만두고 나서 어디에서도 수정이를 봤다는 사람이 없었습니다. 저도 한동안 찾으려 했지만 못 찾았지요.

-그러셨군요. 찾아보셨다.

최무직 형사는 박 선생의 대답을 요약하여 수첩에 받아 적었다. 하지만 눈동자는 박 선생의 표정 하나하나를 놓치지 않으려고 빠르게 움직였다.

[뭔가 불안한데?]

그랬다. 박 선생의 표정과 말투, 그리고 분위기도 5분 전과는 사뭇 달라졌다. 순식간에 긴장과 불안으로 온몸을 무장한 박 선생이었다.

방금 전 농담까지 하며 스스럼없던 박 선생이 변했다. 오히려 무언가를 꺼려하며 긴장의 날을 세웠다.

-그럼 십 년 전에 무슨 일이 있었는지 말씀해 주실 수 있으십니까, 선생님?

최무직 형사는 궁금한 게 많았다. 정체와 끝을 알 수 없는 남자 신천명과 이수정의 갑작스러운 실종. 그 누구라도 자신과 같은 입장이라면 궁금증이 산처럼 쌓일 것이다.

-선생님?

최무직 형사는 난감한 표정의 박 선생을 다시 불렀다.

[분명 뭔가를 알고 있어.]

─형사님, 잠깐 밖으로 나가서 얘기해도 될까요?

박 선생은 탁자 위에 있던 휴대 전화를 주머니에 넣으며 교무실 문을 향해 걸었다.

─알겠습니다. 그러시죠.

박 선생을 따라 밖으로 나오며 최무직 형사는 생각했다.

[이렇게 고급스럽게 치장된 학교가 소리만 요란한 빈 깡통이라니. 없이가 없군.]

─여기서 신천명이 떨어졌어요.

박 선생은 4층짜리 학교 건물 옥상에 서서 한동안 하늘에 떠 있는 구름을 바라보았다. 그러고는 손가락으로 학교 건물 아래를 가리키며 말했다.

─저기에 쓰러져 있었습니다. '쿵' 소리가 나서 뛰어갔더니 신천명이 머리에서 피를 흘리며 쓰러져 있더군요.

─그 때문에 신천명이 식물인간이 됐지요.

─참 이상하지 않습니까? 다른 학교에서는 성적이나 집안, 교우 문제로 아이들이 투신을 하는데, 저희 학교에서 유일하게 투신한 아이는 성적 비관도 집안 문제도 아닌 여자아이에 의해서 떨어졌다는 것이.

잠시 신천명이 식물인간에서 깨어났다는 걸 얘기해 줄까, 고민하던 최무직 형사는 바로 생각을 접었다.

신천명이 아직도 식물인간으로 있다고 믿는 쪽이 박 선생에게서 이수정이 사라진 이유를 알아내는 데 유리할 거라고 생각했기 때문이다.

-제가 궁금한 건 이수정에 대한 겁니다. 여기서 무슨 일이 벌어졌는지 대충은 압니다.

-이수정.

박 선생은 이수정이라는 이름을 신음하듯 내뱉으며 최무직 형사에게 담배를 청했다.

-담배 있으면 하나만 주십시오.

-여기 있습니다.

최무직 형사는 담배를 꺼내 박 선생에게 내밀었다.

-라이터도 좀.

-네.

-오 년 동안 끊었던 담배를 다시 피게 되는군요.

-아, 그럼 피우지 마세요.

아닙니다. 가슴이 답답해서 한 대 정도는 피워야겠습니다.

최무직 형사는 자신이 박 선생의 금언을 무너뜨린 것 같아 마음이 불편했다.

박 선생은 담배 연기를 폐 속 깊이 빨아들였다.

-쿨럭 쿨럭.

몇 번의 잔기침을 내뱉은 박 선생이 자신의 머릿속에 봉인하고 있던 기억하기 싫었던 그날의 일을 말하기 시작했다.

-어느 날 한 학생이 다급하게 교무실로 뛰어왔어요.

-선생님, 큰일 났어요.

아이들의 진학 목표에 대한 서류를 정리하던 박 선생은 교무실로 뛰어들어 온 한 학생의 다급한 목소리에 자리에서 벌떡 일어났다. 뭔가 큰일이 벌어졌다는 것을 직감적으로 느껴서였다.

　-왜? 무슨 일이야?

　-수정이가 교실에서 미쳐서 발광하고 있어요.

　-뭐?

이수정이 미쳐서 발광한다는 말에 교무실에 있던 남자 선생 몇 명이 자리에서 일어났다.

　-박 선생님, 저희랑 같이 가시죠.

　-그럽시다.

재빨리 회초리를 챙긴 박 선생은 앞에 있는 학생에게 물었다.

　-어느 교실이야?

　-저희 반이요.

　-그래? 앞장서.

박 선생이 움직이자 다른 선생들도 각자 회초리와 몽둥이를 들고 뒤따랐다.

이수정을 제압하기 위해서가 아니라 만일의 사태에 대비하기 위함이었다.

그리고 그 몽둥이와 회초리는 결국 유용하게 쓰였다.

　-미쳐서 발광이요?

　-네.

　-그게 언제입니까?

　-신천명이 입원하고 나서 일주일 정도 지난 뒤였습니다.

-그렇군요. 이수정이 어떤 상태였나요?

-수정이는 온몸으로 발버둥 치고 있었습니다.

-발버둥이요?

-네. 자신을 보호하기 위한 처절한 발버둥이었지요.

-너희들, 여기 왜 몰려 있어? 모두 교실로 돌아가!

떼를 지어 모여 있는 학생들. 이 학교의 모든 학생들이 교실을 포위하고 있는 게 아닌가 싶을 정도로 많은 학생들이 있었다.

학생들이 교실 안을 보기 위해 모여 있는 게 분명했다.

박 선생은 학생들을 물리치고 교실 안으로 들어가려 애썼다. 하지만 선생을 겁내지 않는 학생들이 대부분인 학교인지라 누구하나 박 선생에게 길을 열어 주지 않았다. 오로지 1초라도 더 교실 안에서 벌어지는 상황을 구경하려고 안달했다.

-모두 각자의 교실로 돌아가. 이 자식들아!

결국 박 선생을 비롯한 남자 선생들이 소리를 지르며 학생들을 강제로 해산시키기 시작했다. 그래도 학생들이 길을 비켜 주지 않자 체육 선생이 욕설을 내뱉으며 몽둥이를 복도 벽에 거세게 내려쳤다. 엄청난 소리가 복도에 울려 퍼지고 나서야 학생들은 길을 트기 시작했다.

-모두 저리로 비켜. 어서!

그러나 교실 안도 학생들로 빼곡했다. 무언가를 둥글게 포위하고서 숨 죽여 지켜보고 있었다.

체육 선생이 몇 번 더 고함과 욕설을 터뜨리며 몇 명의 뒤통

수를 때린 뒤에야 학생들은 자기들이 구경하고 있던 광경을 선생들에게도 보여 주었다.

그러나 학생들이 겁에 질린 채 구경하고 있던 것을 본 박 선생과 다른 선생들은 놀란 나머지 그 자리에 얼어붙고 말았다.

-수정아?

분명 이수정이었다. 수정이는 교실 중앙에 서 있었다.

누군가와 엉켜 싸우는 장면도 아니었고 누군가를 칼이나 흉기로 위협하는 장면도 아니었다.

오히려 자신의 몸을 자해하고 있었다. 그것도 실오라기 하나 걸치지 않은 알몸으로 말이다.

꼭 자신의 눈앞에 서 있는 남자를 조롱하듯 학생들이 흔히 쓰는 커터 칼로 자기의 가슴을 가로로 길게 그은 여자아이의 얼굴에는 비웃음이 자리하고 있었다.

그리고 그 앞에 김요한을 비롯한 그 패거리들이 이수정의 행동에 놀랐는지 하얗게 질린 얼굴로 이수정을 보고 있었다.

-김요한?

김요한이 왜 여기에 와 있는 것인지는 모르겠지만 지금 당장은 그런 것을 생각할 겨를이 없었다.

-수정아, 뭐하는 짓이야?

박 선생이 고함을 지르며 상의를 벗어 이수정의 몸을 가려 주려고 했다.

그러자 이수정이 커터 칼을 자기의 목에 가져다 대며 다가오는 박 선생을 제지했다.

-다가오지 마세요! 오면 찌를 거예요.

-수정아, 너.

이수정의 눈빛은 광기로 번들리기는 했으나 차분하고 냉정했다. 그래서일까? 박 선생과 다른 선생들은 이수정이 정말로 목을 찌를 수도 있다고 판단하고 제자리에 멈춰 섰다.

-수정아 칼 내려놓고 우선 얘기부터 하자.

그러나 이수정은 천천히 고개를 가로저었다.

-아뇨. 전 지금 저 쓰레기들과 얘기를 해야 해요. 죄송해요.

정중했다. 이런 상황에서도 선생에게 정중한 이수정이다. 가슴에서 피를 흘리면서도, 실오라기 하나 걸치지 않은 몸으로 여자로서의 수치심도 잊은 채 이수정은 김요한에게 차분하게 그러나 차가운 말투로 말을 쏟아냈다.

-왜? 사람들이 구경하니까 싫어? 아니면 피를 철철 흘리니까 평소처럼 날 가지고 놀 생각이 안 들어? 이상하네, 김요한! 평소에는 내가 생리를 해도 상관하지 않고 강제로 했잖아. 자, 평소처럼 날 마음대로 해봐. 너는 여러 사람 앞에서 하는 거 좋아하잖아. 오늘이 가장 관객이 많네. 어서 해 보라니까.

그러나 김요한은 붕대를 감지 않은 한쪽 얼굴을 일그러뜨릴 뿐 어떠한 말도 하지 않았다.

김요한에게서 어떠한 말이나 행동도 나오지 않자 실망한 걸까. 이수정이 피식 웃으며 목에 대고 있던 칼에 힘을 주었다.

살짝 눌렀는데도 이수정의 목에 핏방울이 또르르 맺혔다.

-김요한, 네 덕분에 난 세상에서 가장 더러운 걸레가 되었어.

네가 찍은 사진 덕분에. 아, 맞다. 우리 학교 남자애들 모두가 그 사진을 봤다고 하더라. 김요한 네가 남자아이들에게 선물을 주었으니 너에게는 내가 선물을 하나 줄게.

이수정의 목에서 흐르는 피의 양이 점점 많아졌다.

─네 눈앞에서 천명이처럼 다른 사람이 죽는 걸 볼 수 있는 영광을 말이야.

─미친년!

이수정의 말에 김요한이 꺼낸 대답은 이거였다.

하지만 이수정은 그 말에도 표정 하나 바꾸지 않았다. 그러자 김요한은 미친년에 새로운 단어를 하나 더 추가했다.

─미친 걸레. 네가 죽든 말든 난 상관없어.

당황한 얼굴로 이수정을 향해 욕설을 내뱉는 김요한이었다. 이수정은 그런 김요한을 비오는 날 불쌍하게 버려져 비를 맞고 있는 강아지를 보듯이 쳐다보았다.

─언젠가는 너도 이 이상의 고통을 돌려받을 거야. 천명이와 내게 주었던 잔인한 고통과 슬픔 그 몇 배로…….

말을 마침과 동시에 이수정은 커터 칼에 힘껏 힘을 주었다. 더러운 세상 이제 모두 끝내리라 결심하고 말이다.

그러나 틈날 때마다 자신이 특전사 출신임을 자랑하던 체육 선생의 동작이 더 빨랐다. 이수정의 손목을 낚아채는 데 성공한 체육 선생은 수정이가 쥐고 있던 커터 칼을 뺏고는 이수정을 뒤로 밀쳤다.

갑작스러운 체육 선생의 행동에 이수정은 비명을 지르며 바닥에 쓰러졌고, 다른 선생들이 재빨리 달려들어 이수정의 몸을 가리며 동시에 제압했다.

─이거 놔! 놓으라고!

하지만 아직도 죽으려는 생각을 버리지 못 했는지, 아니면 김요한이 보는 앞에서 죽어야 한다는 강박 관념에 빠진 건지, 이수정은 선생들을 뿌리치기 위해 발악적 몸부림을 쳤다.

─수정아, 수정아. 가만히 있어. 가만히 있으라고 제발.

박 선생은 다른 선생들의 손에 잡힌 채 발버둥 치는 이수정에게 멈추라고 애원했다. 하지만 이수정의 가슴을 쥐어짜는 듯한 비명과 몸부림은 멈추지 않았다.

─구급차 불러. 어서!

선생들 중 한 명이 소리치자 박 선생은 그제야 정신을 차리고 휴대 전화를 꺼내 119를 눌렀다.

─저건?

박 선생은 보았다.

교실 바닥에 떨어진 이수정의 피가 아닌 교실 칠판에 어지럽게 쓴 그림과 글씨들을. 여자의 성기를 나타내는 그림 밑에 커다랗게 쓴 글씨는 이수정을 가리켰다.

어떤 못된 놈들이 작정하고 이수정을 망신시키고 놀리려고 했다는 걸 알 수 있는 낙서였다.

─청소기 이수정?

차마 앞의 글자는 소리 내어 읽을 수가 없었다.

소리 내어 읽는 순간 한 맺힌 비명을 지르며 바닥에 쓰러져 있는 이수정이 혀라도 깨물고 죽을 것만 같았다.

박 선생은 칠판으로 걸어가 글씨와 그림을 모두 지웠다.

그러고는 성난 얼굴로 김요한에게 다가갔다. 김요한의 따귀를 때리기 위해서, 칠판에 추잡한 낙서를 한 게 김요한 짓이라는 걸 잘 알기에.

하지만 박 선생은 김요한을 때릴 수 없었다. 오히려 박 선생을 비웃는 표정으로 당당하게 마주 보는 김요한이었다.

—나쁜 놈.

결국 박 선생이 할 수 있는 거라고는 한마디 욕설뿐이었다.

그런 박 선생을 보고 김요한이 비웃음을 날렸다.

—이야, 당돌한 놈이네.

—당돌한 놈이죠. 수정이를 구급차에 태우는 순간까지도 저와 수정이를 조롱했으니까요.

박 선생에게 십 년 전 얘기를 들으며 최무직 형사는 놀람과 분노, 그리고 어이없는 상황 전개에 가슴이 먹먹해졌다.

알몸인 채로 커터 칼로 자기 가슴을 그었다는 이수정의 얘기에는 뭐라고 말할 수 없는 착잡한 기분이 들었다.

[도대체 김요한이란 놈은 어떤 놈이기에.]

극단적인 행동은 어른들만 하는 것은 아니었다. 십 대 아이들도 극단적인 행동을 하기 일쑤였고 형사라는 직업 또한 극단적인 일을 저지르는 사람들을 상대하는 일이다. 그러기에 누구보다 그러한 행동의 이면을 보려고 하는 최무직 형사다.

[결국은 이수정이 스스로를 포기했군.]

사람이 사회적 동물이라면 스스로를 포기하는 것은 뭐라고 설명해야 할까. 사회를 등지고 홀연히 사라지는 퇴장.

―그 뒤에 이수정은 어떻게 됐습니까?

이수정이 갑작스럽게 사라진 원인 역시 스스로에 대한 포기가 아니었을까?

―병원에 도착해서 치료를 하는데 수정이가 그러더군요.

―뭐라고요?

―그냥.

―그냥?

박 선생은 어느새 필터만 남은 담배꽁초를 옥상 바닥에 떨어뜨리고는 구두로 짓이겼다.

―그냥 자기를…….

박 선생의 목소리에 안타까움이 가득 배어 있었다.

응급실 천장만 바라보고 있는 이수정은 삶을 살아가야 할 의욕도, 의미도 왜 그래야만 하는지에 대한 생각도 없이, 그저 심장이 뛰고 피가 흐르는 빈껍데기만 존재하는 것처럼 그렇게 누워 있었다.

―그냥 놔두지 그러셨어요.

왜 그냥 두지 않았냐고 고장 난 녹음기처럼 되묻는 이수정의 목소리에는 감정이라 부를 만한 그 어떤 것도 존재하지 않았다. 인간이 무의식적으로 호흡을 하듯 무미건조했다.

　분명 살려 준 사람은 자신인데 지금의 이수정을 보고 있으면 마치 자신이 죄인이 된 것 같았다. 살려서는 안 되는 사람을 살려 준 것 같은 느낌, 박 선생은 이수정을 더 이상 쳐다볼 수가 없었다.

　－부모님께는 연락이 갔으니 곧 오실 거다.

　－정말 오실까요?

　－뭐?

　메마른 목소리로 묻는 이수정의 반응에 박 선생이 놀랐다.

　－왜? 안 오실 것 같아서? 자식이 이렇게 다쳤는데 안 오는 부모가 세상천지에 어디 있니? 걱정하지 마, 곧 오실 거야.

　박 선생은 최대한 부드러운 목소리로 이수정의 생각이 틀렸음을 알려 주려고 했다.

　－제가 실망시켰으니까요.

　－수정아, 그게 무슨 말이니?

　－절대 보여서는 안 되는 치욕적인 사진이 세상에 뿌려진, 걸레 같은 아이가 당신 딸이 맞나요? 라는 말을 듣게 만들었으니까요. 난 우리 가족의 수치예요.

　박 선생은 뭐라 설명할 수 없는 아득함을 느꼈다. 자기를 걸레라고 지칭하는 이수정에게 선생으로서 해 줄 수 있는 것이 아무것도 없다는 게 정말 슬펐다.

　－이런, 젠장.

　형사이기에 앞서 딸아이를 키우는 아버지로서 최무직 형사는 박 선생의 얘기를 들으며 할 말을 잃었다.

만약 내 딸이 이수정처럼 당했다면 과연 나는 어떻게 행동했을까? 갖가지 감정과 상념이 머리와 가슴에서 소용돌이치며 충돌을 일으켰다. 역겨운 상상을 한다는 것만으로도 기분이 나빠지고 분노가 솟구쳤다.

-그래서 이수정의 부모님은 병원에 왔습니까?

딸이 그렇게 됐는데 어느 부모가 병원에 오지 않을까. 하지만 박 선생의 대답은 그러한 상식을 벗어났다.

-부모님이 아니라 이모라는 사람이 왔습디다.

-네? 딸이 그 지경이 됐는데 어떻게 안 올 수가 있답니까?

자기도 모르게 흥분한 최무직 형사의 모습에 박 선생은 씁쓸한 미소를 지었다.

-그래도 이모라는 사람이 와서 전 학교로 돌아왔지요. 이틀 뒤에 다시 병원에 가니 수정이는 없었습니다. 벌써 되원했다기에 부모님께 전화를 했다가 앞으로는 수정이 일에 상관하지 말라는 소리만 들었습니다.

-그렇군요. 그런데 신천명과 이수정은 정말 사귀던 사이였습니까?

-글쎄요.

박 선생은 애매하게 대답했다.

-둘 다 조용한 아이였습니다. 수정이는 내신 때문에 우리 학교로 진학해서 전교 5등 안에 들 정도로 공부 잘하는 아이였고, 신천명은 중간의 성적에 조용하고 말이 없는 평범한 아이였어요.

-음, 그러면 둘이 사귄 게 아닐 수도 있나요?

-그럴 수도 있고, 아닐 수도 있지요.

박 선생의 말 속에는 어느 것 하나 확실한 게 없었다.

-사귀는 사이였다면 수정이가 그런 고통을 받고 있다는 걸 천명이가 몰랐을 리가 없겠죠?

-그렇군요, 선생님.

최무직 형사는 박 선생의 말에 동의했다. 신천명과 이수정은 특별하게 튀는 행동을 하지 않았던 그저 평범한 학생들이었다고 했다.

[그러고 보니 병원에서 만난 신천명은 꽤 잘생겼지.]

그렇다면 이수정과 신천명이 평범한 아이들과 다른 부분이 있다면 둘의 외모가 상위 그룹에 속했을 거라는 것 정도였다. 행동은 평범한데 외모가 뛰어나다면 그것이 바로 그 둘을 엄청난 사건에 휘말리게 만든 원인일 수도 있었다.

십 년 전 사진 속의 이수정은 생기 없는 얼굴이긴 했지만 하얀 피부에 뚜렷한 이목구비를 가진 예쁜 얼굴이었다.

[그런 일만 없었다면 행복하게 살아갈 수 있었을 텐데.]

-형사님, 수정이 지금 어디서 뭐하고 사는지 아시나요? 그 뒤로 도통 소식을 들을 수가 없더군요.

-아, 이수정 씨요? 지금은 잘 살고 있는 것 같더군요.

-그래요? 다행이네요, 정말 다행입니다.

갑작스럽게 이수정의 현재 상황을 묻는 박 선생에게 최무직 형사는 거짓말을 했다. 진심으로 이수정의 현재를 걱정하는 박 선생에게 이수정의 상황을 말해 줄 수 없었기 때문이다.

십 년 전 응급실에서 스스로를 걸레라고 말했다던 아이가 몸을 파는 직업을 현재 가지고 있다고 굳이 알려 줄 필요는 없다.

하지만 창녀라고 해서 모든 사람들이 걸레라고 손가락질할 권리는 없다. 세상에는 정말 걸레라고 불릴 사람은 따로 있기 때문이다.

그러나 사람들의 오래된 고정 관념은 그들을 보고 이렇게 결론 내릴 것이다. 몸을 파는 더러운 걸레라고.

-박 선생님?

-네?

최무직 형사는 박 선생에게 아까부터 궁금했던 것을 참지 못하고 물어보았다.

-김요한의 따귀를 때리려다 멈춘 게 그 아버지 때문입니까?

-네. 당시 김요한의 아버지가 학교 이사장이었습니다.

[그럼 그렇지.]

아무런 밑바탕도 없는 인간이 국회 의원을 할 리 없었다.

-지금 이사장은 김요한의 어머니입니다. 그러니 때릴 수가 없었죠. 때리는 순간 찍소리도 못하고 해고 당했을 테니까요. 다른 사람들에게는 악마인 김요한이 그들에게는 금쪽같은 자식이니 감히 어느 누구도 건드릴 수 없었죠.

-네, 이해합니다.

공립도 아닌 사립 학교 교사가 학교에서 해고를 당하면 새로 취직하기가 힘들 것이다.

-김요한, 정말 문제아였군요.

-문제아요? 그걸로 끝나면 다행이죠. 자신의 말을 듣지 않으면 어른, 아이 할 것 없이 김하융을 시켜 괴롭히기 일쑤였죠.

-지금 김하융이라고 하셨습니까?

-네, 김하융을 아십니까?

-아, 아닙니다. 얘기 마저 하시죠, 선생님.

-매일매일 사고 치고 다니는 게 일이었지요. 얼굴 예쁜 여자아이가 있으면 학교 옥상에 끌고 가 성폭행한 적도 많다고 하더군요. 수정이도 그렇게 당했죠.

-그럼 선생님은 십 년 전에 김요한과 사귀던 이수정을 신천명이 성폭행하려 했다는 말을 믿으십니까? 이수정이 신천명을 이 옥상에서 던졌다는 것도요?

-하, 김요한과 이수정이요? 글쎄요. 저는 그거에 대해 뭐라고 말할 입장도, 해서도 안 됩니다. 보시다시피.

학교에 묶여 있는 몸으로 이사장 자녀를 불리하게 만드는 말은 할 수 없다는 박 선생. 그런 박 선생을 이해할 수밖에 없는 최무직 형사는 머리만 긁적거렸다.

-이제 가 봐야겠습니다. 불편한 기억일 텐데 얘기해 주셔서 감사합니다.

-별말씀을. 저도 이렇게나마 털어놓을 수 있어서 마음이 한결 편하네요.

헛웃음을 지으며 괜찮다고 말하는 박 선생의 마음이 착잡해 보였다.

-아, 참!

갑자기 무언가 생각났는지 옥상을 내려가던 최무직 형사가 박 선생에게 몸을 돌렸다.

-그때 칠판에 뭐라고 써 있었기에 박 선생님이 김요한의 따귀를 때리려 한 겁니까?

순전히 개인적인 궁금함으로 물어본 거였다. 그러나 박 선생의 쓸쓸한 얼굴에서 흘러나온 대답을 들은 최무직 형사는 곧 후회했다.

-청소기 이수정.

-네?

작은 목소리로 들릴 듯 말 듯 말하는 박 선생을 향해 최무직 형사는 눈살을 찌푸리며 귀를 기울였다.

그런 그의 귀에 박 선생의 힘없는 목소리가 또렷이 들려왔다.

-정액 청소기 이수정.

신천명의 문병을 끝낸 김하융이 자동차 뒷자리에 앉아 중얼거렸다. 김하융과 비슷한 패션 스타일로 운전석에 앉아 있던 남자가 뒤를 돌아보며 김하융에게 물었다.

-뭐라고 하셨습니까, 형님?

-너한테 한 말 아니니까 앞이나 봐.

-아, 죄송합니다. 형님.

지금 김하융은 차를 세워 놓은 채 창밖을 내다보고 있었다.

갑자기 쏟아져 내린 비로 인해 거리에는 사람들이 드물었다.

화려하게 치장한 수많은 여자들이 지나가는 남자를 향해 손을 흔들고 소리를 질렀다.

가슴을 반쯤 내놓는 것은 여기서는 아무 일도 아니라는 듯 파격적이고 노출이 심한 옷을 입은 여자들이 단순한 쾌락을 원하는 남자들을 서로 끌어들이려 애를 쓰고 있었다.

춤을 추거나 의자에 앉아 지나가는 남자들을 유혹하는 여자들이 존재하는 곳. 김하융은 지금 사창가에 와 있다.

그러나 짙은 선팅이 된 자동차 창문 너머의 수많은 여자들 중 김하융의 눈에 들어오는 여자는 없다.

김하융이 눈도 깜박이지 않고 보고 있는 건, 오로지 단 한명의 여자였다. 그 여자는 방금까지 손님을 상대하다 나왔는지 흐트러진 꽃무늬 원피스를 추어올리며 무표정한 얼굴로 머리를 빗고 있었다.

－이수정.

아직도 예쁜 얼굴과 빛나는 하얀 피부를 갖고 있는 여자. 다른 여자들처럼 담배를 피고 있지 않은 여자. 담배 냄새가 싫은 건지, 연신 담배를 피우는 다른 여자들과는 조금 떨어진 자리에 우두커니 앉아 있는 여자. 창밖에 내리는 비를 바라보며 재래시장 상인들이나 쓸 법한 파란색 플라스틱 의자에 앉아 머리를 빗고 있는 여자는 이수정이였다.

김하융은 지금이라도 달려가 이수정에게 신천명이 깨어났다는 사실을 알려 주고 싶었다.

그러나 그럴 수는 없다. 신천명의 부탁도 있지만 자신이 이제 와서 무슨 자격으로 이수정을 찾아간단 말인가.

김하융이 십 년 전 김요한의 해결사 노릇을 하고 다녔다는 것은 그 지역 사람이라면 누구나 알고 있는 사실이었다.

이가 갈리고 스스로가 한심해진다. 가슴속에서 치밀어 오르는 창피함이 온몸을 뒤덮었다.

처음부터 김요한을 제지했다면 최소한 저 여자아이는 인생을 제대로 살아갔을 것이다.

─이수정, 미안하다.

김하융은 창밖으로 보이는 이수정을 향해 미안하다고 속삭였다. 쓸모없는 중얼거림이란 걸 알았지만 그래도 김하융은 사과했다.

당장이라도 뛰어나가 이수정에게 무릎 꿇고 싶었지만 김하융은 이를 악물며 참고 또 참았다.

어차피 이미 엎질러진 물이다. 시궁칭도 이런 시궁창이 없을 정도로 밑바닥에서 버둥거리는 이수정을 자신이 도와줄 수도 있었다. 하지만 도와주려 해도 이수정은 자신의 도움을 거부할 것이 뻔하다.

그렇기에 이렇게 가끔씩 찾아와 멀리서 이수정을 지켜보는 것으로 자신의 죗값을 치르고 있는 것이다.

이수정은 무슨 생각으로 몸을 팔고 있을까. 이제는 익숙해져서 남자에게 몸을 판다는 것조차 인식이 없을까.

비에 젖고 술에 취해 얼굴이 붉어질 대로 붉어진 남자들의 노골적인 추파에도 무표정인 얼굴로 앉아 있는 이수정의 머릿속에는 지금 어떤 생각이 들어 있을까?

하지만 김하융의 의문은 사창가에 나타난 한 명의 남자로 인해 곧 끝이 났다.

낡은 청바지에 낡은 운동화를 신고 어색한 미소를 지으며 이수정을 향해 다가가는 남자. 김하융은 이수정을 향해 다가가는 남자를 당장이라도 뛰어가서 말리고 싶었다.

-최 형사.

그는 다름 아닌 최무직 형사였다.

왜 이수정 앞에 나타났을까? 라는 의문은 갖지 않았다.

신천명에 대해 조사하고 다니는 중이니 이수정을 찾아온 것이 하나도 이상할 게 없기 때문이다.

그러나 고통으로 일관된 인생을 살고 있는 이수정에게 잊고 싶은 십 년 전의 추악하고 더러운 일에 대해 꼬치꼬치 캐물을 것만은 분명했다.

-빌어먹을 자식.

운전석에 있던 부하가 놀라서 김하융을 뒤돌아보았다.

-왜 그러십니까, 형님?

김하융은 매서운 눈빛으로 말없이 창밖을 응시했다. 부하는 차 안의 무거운 분위기에 움츠러든 채 김하융의 눈을 따라 창밖을 보았다.

-어? 저 자식, 형사 아닙니까, 형님?

부하의 질문에 김하융은 고개를 끄덕였다.

도대체 최무직 형사가 알고 싶은 게 뭐란 말인가?

어차피 그때나 지금이나 형사 나부랭이 한 명이 어떻게 한다
고 세상이 바뀌는 건 아니다. 진실이 밝혀지는 것도 아니며 힘
없이 당하기만 했던 자들의 한이 풀어지는 것도 아니다.

-저 자식 한번 알아봐!

-누구 말입니까, 형님?

-누구긴 누구겠어. 저 형사, 뒷조사 좀 해 보라고. 형사고 검
사고 깨끗한 놈 하나도 없는 세상이니까 뒤져 보면 뭐라도 나올
거다. 알아보고 나한테 보고해.

-알겠습니다, 형님.

갑자기 형사의 뒷조사를 명령하는 김하융. 부하는 언제나 그
렇듯 무조건적인 긍정의 대답을 들려주었다.

-젠장.

형사를 향한 것인지, 아무것도 하지 못한 채 가만히 있을 수
밖에 없는 사기를 향한 욕설인지 모를 말을 내뱉으며 심하융이
부하에게 출발하라고 명령했다.

차가 움직이기 시작하자 다시 창밖을 보는 김하융의 눈동자
에 사창가 유리벽 앞에 서서 이수정을 향해 손을 흔드는 최무직
형사의 얼굴이 크게 클로즈업되었다.

곤히 잠든 지상의 사람들에게 자신의 존재를 증명이라도 하
고 싶은 걸까? 아침부터 내린 비는 사람들이 잠든 늦은 저녁까
지 쉬지 않고 내렸다.

역한 술 냄새를 풍기며 오렌지색 불빛이 가득한 사창가를 기
웃거리는 남자들의 눈빛과 그들을 향해 온몸을 흔들며 호객 행

위를 하고 있는 여자들만이 그 비를 보았다.

　─오빠, 놀다가.

　─오빠. 예쁜 여동생 여기 있어.

　성욕에 이글거리는 낯선 남자의 눈빛을 볼 때마다 플라스틱 의자에 앉아 있는 이수정의 눈동자도 흔들렸다. 제법 익숙해질 때도 됐는데 아직까지 저들의 욕망에 익숙해지지 않아서일까? 가볍게 한숨을 내뱉은 이수정은 눈을 돌려 사창가 골목길을 막고 있는 검은색 고급 자동차를 쳐다보았다.

　언제부터인지 모르겠지만 이 시간쯤 되면 어김없이 나타나 한두 시간씩 멈춰 있다가 사라지는 자동차. 이수정은 자꾸 그곳에 신경이 쓰였다. 꼭 누군가가 그 안에서 자신을 지켜보는 것 같은 느낌이 들었기 때문이다.

　─이수정 씨?

　유리벽 너머에 서 있는 초라한 행색의 중년 남자가 자신의 본명을 부르자 이수정이 놀란 얼굴로 돌아보았다. 그러나 곧 무표정이 되었다.

　─이수정 씨 맞죠?

　다시 한 번 묻는 남자에게 이수정은 고개를 살짝 끄덕였다.

　─실례가 아니라면 잠깐 얘기 좀 나눌 수 있을까요?

　그런데 이수정 근처에 있던 여자들이 남자를 이상한 눈빛으로 노려보았다.

　그도 그럴 것이 사창가에서 창녀의 본명을 부르는 건 금기시되는 일이다. 그런 마당에 시간이 곧 돈인 사창가에서 얘기를 하자며 시간을 내달라는 남자가 곱게 보일 리 없었다.

결국 여자들 뒤에 앉아 있던 덩치 큰 오십 대 여자가 담배를 입에 문 채 벽에 걸려 있는 인터폰을 집어 들었다. 여자들을 취객으로부터 보호한다는 명목으로 돈을 갈취하는 깡패들을 부르기 위해서 일 것이다.

남자는 그런 여자의 행동을 제지하는 대신 익숙한 동작으로 셔츠 주머니에서 경찰 신분증을 꺼내 여자 앞에 내밀었다.

자신의 직업을 친절하게 설명하는 것 또한 잊지 않았다.

ㅡ서에서 나왔습니다. 쉬고 있는 깍두기들은 수고스럽게 부르지 않으셔도 되지 않을까 싶습니다만.

경찰 신분증을 본 오십 대 여자가 인터폰을 내려놓고 최무직 형사에게 천천히 걸어왔다. 세상의 모든 쓴맛을 맛본 듯 보이는 침착함과 귀찮음이 가득한 얼굴로 말이다.

[이수정은 표성 변화가 없군.]

중년 여자도 무표정이긴 했지만 그 무표정 뒤에 귀찮은 파리를 빨리 내쫓으려는 의지가 있었다면 이수정은 영혼이 없는 인형이나 짓는 무표정에 가까웠다.

[신천명도 이수정도 알면 알수록 머리 아프군.]

멍하니 자신을 보고 있는 이수정에게서 최무직 형사는 이번 사건이 정말 어려운 수학 문제 같다는 생각이 들었다. 도무지 공식을 알 수 없는 수학 문제 말이다.

ㅡ경찰 나리께서 여기는 무슨 일로?

중년 여자의 질문에는 '너도 봉투나 여자 상납 받으러 온 거냐’라는 뜻이 담겨져 있었다. 최무직 형사는 호탕하게 웃으며 손사래를 쳤다.

　─저는 아까 말했다시피 이수정 씨에게 볼일이 있어서요.

　최무직 형사는 나름 친절한 경찰관의 모범인 미소를 지으며 손가락으로 이수정을 가리켰다.

　─이수. 아니 이곳에선 뭐라고 부르시나?

　조심스럽게 묻는 최무직 형사에게 중년 여자가 이수정을 대신해 퉁명스럽게 대답했다.

　─걔는 그냥 별명으로 불러요. 정 궁금하면 돈 내고 연애 한번 하시던가.

　그러거나 말거나 최무직 형사가 가방에서 서류 한 장을 꺼내 이수정에게 내밀었다.

　─이름은 나중에 가르쳐 주시고 우선 이것부터 봐 주세요.

　최무직 형사가 건넨 종이를 받아든 이수정의 눈가가 살짝 떨렸다. 차갑게 굳어 있던 이수정의 얼굴에 나타난 찰나의 변화를 최무직 형사는 놓치지 않았다.

　─본인이 작성한 고소장 맞죠?

　이수정은 고개를 끄덕였다.

　─십 년 전 이 사건을 다시 조사하라는 지시가 있었습니다. 그런데 고소장 외에 사건의 자료가 될 만한 게 거의 없더군요. 뭐가 그리 급하셨는지 고소장만 남기고 십 년 동안 사라지셨다가 이제야 나타났으니……

　왜 그때 사건을 진행하지 않고 사라졌냐고 추궁하는 것으로 보일 만큼 빠르게 말을 쏟아 내는 최무직 형사에게 이수정은 서류를 다시 건넸다.

―가져가세요. 이따위 종이 쪼가리 이제 필요 없어요.

삶을 포기한 듯한 얼굴에 단조로운 목소리.

박 선생이 설명했던 응급실에서의 이수정 모습이 지금 이러했을까?

최무직 형사는 서류를 받으며 이수정의 얼굴을 빤히 쳐다보았다.

―저와 잠깐만 나가시죠? 말씀 드릴 기쁜 소식도 있는데.

진술이 사실이라면 분명 이수정은 신천명이 깨어난 것을 기뻐할 것이다. 그래서 이수정의 마음의 벽이 어느 정도 허물어지는 때를 노려 십 년 전의 얘기를 들으려는 게 최무직 형사의 계획이었다.

그러나 웃는다. 아니 얼굴은 무표정인데 눈동자만 웃고 있다면 무슨 말인지 이해할 수 있겠는가. 이수정은 표정이 아닌 눈빛으로 자신을 비웃고 있었다.

―기쁜 소식이라는 게 오늘이라도 내 모습이 달라진다는 건가요?

―네? 제가 말씀 드리려고 하는 건……

당황스럽다. 갑자기 부끄러워진다. 세상의 모든 정답을 아는 신 앞에 홀딱 벗겨져 서 있는 것만 같았다.

―십 년 전에 나와 천명이에게 무슨 일이 벌어졌고, 쓰레기들이 나한테 어떤 짓을 했는지 말하면 뭐가 바뀌나요?

말을 잠시 멈춘 이수정이 쇄골까지 올라온 꽃무늬 원피스의 윗부분을 잡고 힘주어 끌어내렸다. 그러자 하얀 피부가 지금까지 제 몸을 가린 원피스에 항의라도 하듯 오렌지색 불빛에 반사되어 빛을 발했다. 그리고 곧이어 가슴에 깊이 새겨진 칼자국이 나타났다.

상처 치료가 제대로 되지 않았는지 흉물스럽게 남아 있는 칼자국이었다. 최무식 형사는 할 말을 잃었다.

－이 상처도, 그리고 저를 거쳐 간 남자들의 흔적과 냄새나는 정액들도 모두 사라지나요?

－죄송합니다.

잘못한 것도 없는데, 자신이 이수정을 이렇게 만든 사람도 아닌데 최무직 형사는 지금 이 순간 이수정에게 사과를 했다.

이수정의 눈동자가 비웃는다.

눈동자가 매섭게 바라본다.

눈동자가 소리친다.

최무직 형사는 이수정의 눈빛을 피해 고개를 돌렸다.

그러고 보니 이수정의 얼굴이 낯이 익다. 어디선가 이수정을 본 적이 었던 것 같다.

[어디서 봤지?]

낯이 익은 얼굴. 십 년 전 사건 자료에서 확인한 사진과는 다른, 지금의 모습과 흡사한 얼굴을 어디선가 본 적이 있었다.

무표정. 그리고 생기 없는 눈동자.

[이 여자, 영혼이 죽었어.]

몸은 살았지만 영혼이 죽어 버린 사람들. 최무직 형사는 그런 사람들을 많이 알고 있다.

교통사고로 한꺼번에 아내와 자식을 잃고 혼자만 살아남아 도로변에 주저앉아 있던 남자도 그랬고, 눈앞에서 남편이 베란다에서 뛰어내려 자살하는 모습을 지켜본 여자도 그랬다. 영혼이 죽어 버린 그저 숨만 쉬는 몸만 존재하는 그런 사람들이 이런 눈빛을 가지고 있었다.

그런데 지금 눈앞에 그런 사람이 한 명 더 있다.

신천명이 옥상에서 떨어져 식물인간이 된 그 순간 이수정의 영혼도 죽어 버렸을까?

어쩌면 그게 이유일 수도 있겠다.

하지만 조사를 하면 할수록 이 사건의 밑바닥에 명쾌하게 설명할 수 없는 무언가가 똬리를 틀고 사냥감을 기다리듯 혀를 낼름거리고 있는 것이 느껴졌다.

―생각이 바뀌면 언제라도 연락 주세요.

최무직 형사가 이수정에게 명함을 건네고 비가 쏟아지는 거리를 향해 쓸쓸히 돌아섰다. 그런 최무직 형사 뒤로 여자들이 재수 없다며 소금을 뿌렸다.

이수정은 유리벽 너머로 시선을 돌렸다. 어느새 검은색 자동차는 사라져 버렸고, 유리벽 너머 세상에는 비가 쉴 없이 쏟아져 내렸다.

―신천명.

　처음 학교에 입학했을 때만 해도 이수정에게 신천명은 학교에 있는 수많은 남자아이들 중 한 명이었다.
　우연히 얘기를 나누게 된 것을 제외하면 이수정에게 신천명은 정말 아무런 존재도 아니었다.
　-그러고 보니…….
　이수정이 중얼거렸다.
　-그날도 비가 왔었지.

4장 걸레이기 전,
그들도 소년과 소녀였다

나만큼은
적어도
아닐 줄 알았다.
나만큼은
세상의 주인공이고
나만큼은
비록 20대 1로 싸워 지더라도
누군가를 목숨 걸고 지켜 줄 수 있을 줄 알았다.
다른 사람은 몰라도 나만큼은.

[사랑한다는 말은 모든 것을 희생해야 한다는 뜻이라고 한다.
그 말이 사실이라면 난 지금껏 사랑을 하지 않은 것이다.]

－신천명 씨, 주사 맞을 시간입니다.

침대에 누워 창밖에 내리는 비를 바라보고 있던 신천명이 주사기를 들고 나타난 간호사를 향해 미소를 지었다.

－벌써 시간이 그렇게 됐나요?

－네, 벌써 시간이 그렇게 됐습니다.

쇄골까지 내려오는 긴 머리와 투명한 피부. 꽃미남이라 불려도 손색이 없는 환자의 미소에 간호사도 기분 좋은 웃음으로 화답을 했다.

－비 오는 거 좋아하시나 봐요? 보통 환자 분들은 비 오면 우울하다고 싫어하시는데.

간호사는 신천명이 십 년 만에 깨어났으니 비가 오는 것도 반가울 거라 생각한 모양이다. 하지만 간호사의 생각과는 다르게 신천명에게는 그 어느 것 하나 새로울 것이 없었다.

오히려 비를 볼 때마다 자신의 삶을 변하게 만든 두 가지 사건이 떠오를 뿐이다. 우울하다거나 기쁘다거나 하는 감정은 사치일 뿐, 신천명에게 비는 그저 기억이라는 다른 이름이었다.

－전 비 오는 거 좋아해요.

신천명을 보며 말하는 간호사에게 신천명은 담담하게 웃어주었다.

－저도 좋아해요. 제게 소중한 사람들과 연관이 있거든요.

－그래요?

－네. 소중한 사람을 떠나보낸 날도, 그리고 처음 만난 날도 비 오는 날이었어요.

비 오는 날의 의미를 설명하던 신천명이 다시금 창밖으로 시선을 돌렸다.

[첫 만남부터 삐걱거렸지만.]

-우산 내놔.

-뭐?

-우산 내놓으라고.

하루 종일 비가 쉼 없이 내리고 있었다. 고등학교 1학년인 신천명은 버스 정류장에서 버스를 기다리고 있었다. 그때 누군가 어깨를 툭툭 치는 느낌이 들어 뒤를 돌아보았다. 처음 보는 여자아이였다. 신천명은 당황스러웠다. 처음 보는 여자아이가 우산을 내놓으라며 당당하고 손을 내밀고 있었다.

-이거? 이 우산?

신천명이 귀에 꽂고 있던 이어폰을 빼며 쓰고 있던 우산을 가리켰다.

-이건 내 우산이야. 그리고 난 네가 누군지도 몰라.

같은 교복, 같은 색상의 명찰. 신천명과 같은 학교 같은 학년이라는 표시다. 약간 거만하면서도 귀여운 미소를 가진 여자아이였다.

-넌 남자잖아. 남자가 비 좀 맞는다고 죽지 않아. 하지만 여자는 비 맞으면 안 좋아. 그러니까 네 우산 줘!

비를 맞으며 왔는지 여자아이의 교복이 흠뻑 젖어 있었다.

-하지만.

－내가 이 비를 맞고 집에 가다 감기에 걸리면 어떻게 될까? 그러다 잘못해서 폐렴이나 이상한 병에 걸리면 난 죽을 때까지 널 저주하면서 미워할 거야. 거기다 난 멋진 남자 만나서 결혼도 해야 해. 앞으로 태어날 내 아기와 나랑 결혼할 남자를 위해서야, 그러니까!

잠시 말을 멈춘 이수정은 다시 손을 앞으로 내밀었다.

－우산 내놔!

당당해도 너무 당당하다.

자기 우산을 가져간 사람에게 우산을 돌려달라고 말하는 것처럼 이수정의 당당한 요청에 신천명은 얼떨결에 쓰고 있던 우산을 건네주고 말았다.

－난 1학년 5반이야. 넌?

신천명이 건네준 우산을 받아 든 이수정이 미소를 지었다.

－난 1학년 14반.

화사하다. 이수정의 미소는 보는 이를 기분 좋게 만들기에 충분했다.

－이름은?

－신천명.

－신천명? OK, 접수했어. 앞으로 비가 오면 네가 나한테 우산 준 거 기억해 줄게.

비에 젖어 반짝이는 머리카락, 얼굴 곳곳에 묻은 빗방울과 하얀 피부, 거기에 당당함까지. 비에 젖은 교복 위로 살짝 비치는 속옷 색깔과 하얀 이수정의 피부는 신천명으로 하여금 흥분된 기분을 느끼게 만들었다. 열일곱 살짜리 남자아이가 감당하기에는 벅찬 감정이었다. 신천명에게 충격을 준 당사자는 생글생글 웃으며 우산을 가로채 가는 게 목적이었지만 말이다.

[아름답다!]

아니면 예쁘다고 해야 할까. 아름답다고 말할 만큼 이수정의 미모가 뛰어난 것은 아니었다. 평균보다 조금 더 예쁜 정도? 그러나 보는 순간 아름답다고 느꼈고 지금 이 순간 신천명이 느낀 감정이 무엇보다 중요했다.

우산을 가져간 이수정이 버스를 타고 떠날 때까지 신천명은 비를 맞으며 버스 정류장에 서 있었다. 같은 학교 학생들이 이상한 눈빛으로 쳐다보는 것조차 느끼지 못할 정도로 얼이 빠진 모습이었다.

아름다움. 그리고 새다른 감정.

평생을 혼자 살겠다고 맹세 아닌 맹세를 했던 신천명에게 첫사랑은 그렇게 살며시 찾아왔다. 아름다움을 가장한 잔인함으로…….

일 년 뒤, 신천명과 이수정은 같은 반이 되었다.

그런데 신천명에게는 불과 몇 개월 전 일인데 사람들은 십 년 전 일이라고 한다.

-십 년.

-네?

간호사의 질문에 신천명이 아무일도 아니라는 듯 어깨를 한 번 들썩였다.

-주사도 오늘로 마지막이니 즐겁게 맞으세요.

주사기에 능숙하게 약물을 주입하며 간호사가 말했다.

-바지 조금만 내리세요.

-제가 잠들었을 때 간호사 분들은 제 몸을 실컷 보셨겠네요.

신천명의 뜬금없는 말에 간호사가 얼굴을 살짝 붉혔다.

-그때는 신천명 씨가 잠들어 계셨고, 저희는 규칙적으로 관리해야 했으니까요.

-그런가요? 하지만 제가 의도하지 않은 노출이 많이 있었네요.

-그래도 이렇게 깨어나셨으니까 앞으로는 신천명 씨 본인이 원하지 않는 노출은 안 하셔도 되잖아요, 호호.

간호사의 진심 어린 대답에 신천명이 희미하게 미소를 지었다. 그러나 창가를 향해 고개를 돌리는 신천명의 얼굴은 싸늘하게 변해 있었다.

-본인이 원하지 않을 때 누군가의 앞에서 무력하게 발가벗겨지면 안 되겠죠. 나도 그리고 다른 어떤 누구도.

-네. 그러니 얼른 건강 회복하셔서 그동안 잊고 있었던 인생을 마음껏 즐기세요.

웃는 얼굴로 말을 마친 간호사가 신천명의 얼굴을 잠시 힐끔거리다 병실 밖으로 나갔다.

-그런데 강제로 누군가의 몸과 정신을 찢어발긴 인간들은 어떻게 해야 할까요?

신천명의 얼음장처럼 차가운 목소리가 병실에 울렸다. 그것은 식물인간이었던 자신의 몸을 마음대로 만진 의사와 간호사를 향한 분노가 결코 아니었다.

지금 그가 분노한다.

폭력과 협박 앞에서 옷이 찢기고 더러운 놈들의 몸을 핥아야만 했던 이수정과 그 모습을 무력하게 지켜볼 수밖에 없었던 그의 분노가 끓어오른다.

이 모든 분노가 십 년 만에 불타오르기 시작했다.

죽고 싶을 만큼 고통스러웠던 시간들. 겁에 질려 나약하게 떨어야만 했던 시간들.

십 년 동안 멈춰 있던 신천명의 시간이 다시 흘러가기 시작했다. 분노라는 이름으로.

－신천명이 깨어났다고?

고깃집에서 만난 김요한과 최신종에게 박기호가 신천명이 식물인간 상태에서 깨어났다는 말을 전했다.

－그때 죽었어야 했는데.

김요한이 인상을 쓰며 손에 들고 있던 소주잔을 입으로 가져갔다. 김요한의 눈치를 보며 고기를 굽던 박기호가 조심스럽게 말을 이었다.

－얼마 전에 형사가 찾아왔었어.

－뭐, 형사?

최신종이 놀라서 소리치자 씹고 있던 상추와 고기가 사방으로 튀었다.

—다 처먹고 말하던가, 아니면 처먹지 말던가. 무식한 새끼.

비싼 명품 옷에 최신종의 입에서 나온 음식 파편들이 튄 게 기분 나쁜 건지, 아니면 신천명이 깨어났다는 게 기분 나쁜 건지, 김요한은 최신종을 향해 험악한 표정을 지으며 과도하게 신경질을 냈다.

—최신종, 넌 언제 정신 차릴래?

그나마 잔머리를 잘 굴리는 박기호에게는 나이트클럽 운영을 맡겼지만, 발정난 개처럼 여전히 동네 양아치 짓이나 하고 다니는 최신종은 김요한에게 골칫덩이였다.

[나, 며칠 전에 중3 여자애랑 잤다.]

아직도 술자리에서 자랑스럽게 어린 여자아이랑 잤다고 떠벌리고 다니는 최신종이다. 모르긴 몰라도 지금도 최신종의 자취방에는 어울리지도 않는 진한 화장에 쌍욕을 입에 달고 사는 얼빠진 여자아이들이 뒤엉켜 자고 있을 게 뻔했다.

—넌 언제까지 양아치로 살 거야?

양아치라는 말에 기분이 상했는지 최신종이 인상을 찡그리고 소주만 연거푸 들이켜자, 박기호가 서둘러 화제를 돌렸다.

—요한아, 이수정이 어떻게 해야 하는 거 아냐? 형사가 그러는데 아직 사건이 끝난 게 아니래. 공소 시효도 남았대.

박기호가 이수정의 고소장에 대해 침을 튀기며 설명했다.

—이수정만 입 다물게 하면 다시 조용해질 것 같은데. 우리가

이제 와서 감옥에 갈 순 없잖아.

－그래서 어떻게 하자고? 죽이자고?

김요한이 매섭게 되물었다.

밑도 끝도 없이 생각나는 대로 말을 내뱉는 박기호와 최신종에게 김요한은 말할 가치도 없다는 듯 헛웃음만 흘렸다.

누가 봐도 어울리지 않는 세 사람이다.

한 명은 불법 개조한 중고 외제차를 끌고 다니며 홍대와 강남의 클럽을 전전해서 여자들과 닥치는 대로 잠을 자거나 동거를 하는 망나니였고, 다른 한 명은 김요한이 직접 아버지를 통해 먹고 살길을 구해 준 무능력한 인간이었다.

하지만 김요한은 달랐다.

이름만 말하면 대부분의 사람이 알아주는 예술 재단의 부이사장이며, 미모의 아내와 이제 갓 태어난 예쁜 딸까지 있는 이 사회의 지도층이다.

그나마 아직 친구라는 이름하에 가끔 만나서 얘기도 하고 소주잔을 기울이고 있지만, 김요한은 눈앞의 쓰레기들과 어울리는 것 자체가 싫었다.

－언제까지 우리가 고등학생인 줄 알아?

김요한은 머릿속으로 이들과의 관계를 이제 그만 정리해야겠다고 생각했다. 너무 오래 만났다.

－이수정 건드려서 우리한테 득 될 것도 없어.

목구멍을 타고 흘러내리는 쓰디쓴 소주 맛에 눈가가 절로 찡그려졌다. 십 년 전의 소주 맛과 지금의 소주 맛이 다르다고 느껴지는 것은 왜 일까?

―게다가 대놓고 세상에 나타날 만큼 뻔뻔한 년이었으면 난리를 쳐도 벌써 예전에 했을 거다.

이수정이 고소장을 쓴 것은 알고 있었다.

그리고 왜 고소장이 쓸모없게 됐는지, 이수정이 왜 세상을 버리고 숨어 버렸는지도 잘 알고 있는 김요한이다.

세상에 공개된 치욕스러운 사진 수십 장, 그로 인해 이수정은 가족들에게도 버림을 받았다.

끝까지 김요한과 다른 남자아이들을 물고 늘어질 수도 있었지만 결국 스스로 사창가를 찾아가 몸을 팔기 시작했다.

십 년 전부터 몸을 팔았는지 아니면 최근에서야 몸을 팔았는지 확실하지는 않지만 그런 건 김요한에게 중요하지 않았다.

―어차피 형사가 캐고 다녀야 바뀔 건 없으니까.

김요한은 더 이상의 잡음은 불가능하다고 단정 지었다.

오가는 소주잔의 횟수가 늘어 갈수록 김요한의 눈빛은 차갑게 가라앉았다.

[넘을 수 없는 산은 세상에 엄연히 존재하는 법이야.]

김요한과 김요한의 아버지는 넘을 수 없는 산이다.

그렇게 믿고 지금까지 살아왔다. 이수정도 결코 넘을 수 없다고 판단했으니 스스로 숨은 것 아니겠는가.

이제 한 명 남았다. 그 남은 한 명도 넘을 수 없는 산의 거대함을 느끼며 어떤 행동도 쉽게 하지 못할 것이다.

―신천명.

-세상에 기적이 있다더니 네가 이렇게 걸어서 퇴원하는 걸 보니까 그 말이 맞긴 맞구나.

간호사들의 배웅을 뒤로하며 병원 문을 나서는 신천명에게 김하융이 휠체어를 가리켰다.

-앉아라. 내가 밀어 줄게.

-됐어. 이제는 걷는 것도 익숙해서 괜찮아.

신천명이 길게 자란 머리카락을 쓸어 넘기며 가을 하늘을 올려다보고 숨을 깊이 들이마셨다.

-날씨가 참 좋네.

-바람 쐬고 싶으면 말해라. 네가 원하면 외국이라도 갈게.

-됐어. 누가 보면 남자 둘이 무슨 여행이냐고 오해할 거야.

그러자 김하융이 피식 웃더니 병원 주차장 쪽으로 걸어갔다.

-병원 밥은 질렸을 테니, 어디 좋은 데 가서 밥이라도 먹자.

-밥은 됐고, 내가 부탁한 건?

김하융이 조심스럽게 말을 꺼냈다.

-준비됐다. 하지만 나는 아직도 고민된다. 너한테 그걸 줘야 할지, 차라리 내가 대신 정리하고…….

-아니야!

김하융의 말을 끊으며 신천명이 단호하게 말했다.

-내가 해! 이건 복수가 아니야. 난 십 년 전 쓰레기들이 시작한 게임의 끝을 보려는 거야. 그러니 부탁한 물건만 주면 돼.

-알았어, 줄 테니 우선 병원이나 벗어나서 얘기하자.

김하융은 앞으로의 일에 천천히 상의하고 싶었다. 그러나 신

천명의 눈빛에서 김하융은 혼자서 모든 일을 마무리 지으려는
고집을 느꼈다.

　―네가 옥상에서 뛰어내리기 전에…….

김하융이 오래전부터 마음속에 담아 둔 얘기를 꺼냈다.

　―나한테 그랬지?

　―뭘?

　―네가 나를 찾아왔을 때…….

　　김하융은 학교에서 떠도는 이수정에 대한 지저분한 소문에
신경이 쓰였다. 학교를 나오는 것 자체가 고통스러울 정도로 신
천명과 이수정이라는 존재에 대한 죄책감이 컸다.

　옥상에서 성폭행이 벌어지고 김요한과도 조금씩 마찰을 빚고
있던 김하융은 학교 앞 공터에서 신천명을 만났다.

　―선배님.

　조심스럽게 선배님이라고 부르며 다가온 신천명에게 김하융
은 웃음을 지어 주려고 했다. 그러나 그러지 못했다.

　―왜?

　입에서 뿜어져 나오는 담배연기 너머로 고통을 참고 있는 신
천명의 진한 아픔이 느껴졌기 때문이다.

　―말해, 나를 찾아온 이유를.

　―선배님, 수정이에게 또다시 안 좋은 일이 생기면…….

　김하융을 자기편으로 알았을까, 아니면 부탁할 만한 힘을 가
진 사람이 김하융밖에 없어서였을까.

　이수정에 대해 무언가를 부탁하려는 신천명에게 김하융은 불쑥 짜증이 났다. 미안함과 죄책감을 짜증으로 표현하는 이중적인 모습에 김하융 스스로도 놀랐지만 표정은 당장이라도 신천명을 한 대 때릴 것처럼 보였다.
　그리고 그런 김하융에게 신천명이 용기를 내서 말했다.

　－수정이를 지켜 달라고 했었지.
　이수정을 지켜 달라고 용기 내어 말하던 신천명은 이미 어디에도 없었다. 지켜 줄 주인을 잃어버린 상처 입은 기사처럼 스스로에 대한 죄책감과 주인을 죽게 만들었다는 죄의식이 뒤섞여 차츰 죽어 가고 있었다. 스스로를 철저하게 무너뜨리면서.
　－솔직히 내가 김요한 종노릇을 한 건 어머니의 간곡한 부탁으로 어떻게든 학교는 졸업하려는 거였지만 지금 생각해 보면.
　－보면?
　김하융의 속마음에 관심을 가진 걸까, 신천명이 되묻자 김하융은 씁쓸한 미소를 지었다.
　－핑계지. 앞에 나서서 김요한을 막지 않았던 나에 대한 핑계. 어머니가 병원에서 그렇게 허무하게 돌아가실 줄 알았다면, 너와 수정이를 지켜 주었을까, 라는 생각을 했었다. 그런데 결론은 핑계야. 엄청난 힘 앞에서 너희를 지켜 주지 못한 내 나약함에 대한 핑계.
　－그리고 다음 날, 너는 옥상에서 뛰어내렸지. 꼭 그런 일을 미리 계획했던 사람처럼.

김하융의 애기를 신천명은 조용히 듣고만 있었다.

―신천명, 그 모든 게 네가 계획한 거냐?

―뭐가?

―나에게 이수정을 부탁하고 다음 날 옥상에서 뛰어내린 거.

궁금했다. 십 년 동안 궁금했다. 옥상에서 뛰어내린 신천명의 행동과 생각이 정말 궁금했던 것이다.

그러나 신천명의 대답은 허무했다.

―아니. 난 그렇게 똑똑한 놈이 아냐.

그 말에 김하융은 무언가에 홀린 듯한 표정을 지었다.

―그렇다면 이 모든 게 우연이란 말이냐?

―맞아, 우연. 하지만 최악의 우연이지.

―이런, 씨발.

자신의 직장 즉 나이트클럽 사무실에서 박기호가 웨이터에게 욕설을 쏟아 냈다.

―이 개새끼들아, VIP 룸 청소 제대로 하면서 월급 받아 처먹으라고 몇 번이나 말했어?

험상궂은 얼굴로 한바탕 난리를 떠는 박기호.

그의 비위가 틀어져도 단단히 틀어진 이유는 나이트클럽의 주요 수입원인 VIP 룸에서 누군가가 쓰다 버린 콘돔이 나와서도, 여자의 찢어진 팬티나 스타킹이 나와서도 아니었다. 자신의 전화를 계속 거부하는 김요한의 행동 때문이었다.

고깃집에서 만난 이후로 선을 그으려는 김요한의 행동에 배신감을 느낀 박기호는 만만한 사람을 대상으로 화풀이를 하고 있었다. 더군다나 자신이 몸담고 있는 이 나이트클럽의 실제 소유자는 다름 아닌 김요한의 아버지다.

김요한과 사이가 멀어지면 유일한 밥줄인 나이트클럽 부사장이라는 자리에서 언제 쫓겨날지 모른다는 압박감이 박기호의 발바닥에서부터 뇌까지 직통으로 치고 올라왔다.

─새끼들아, 계집애들 전화번호만 딸 생각하지 말고 청소 좀 하라고, 알았어?

박기호는 다시 욕설을 내뱉기 시작했다.

─안녕하십니까? 신천명 씨 아버지 맞으시죠?

최무직 형사는 남미에서 변호사로 생활 중인 신천명의 아버지와 겨우 연락이 닿았다. 그리고 다행히도 신천명의 아버지가 곧 한국에 귀국한다는 얘기를 들을 수 있었다. 그래서 만나기로 약속했는데 그 약속 장소가 신천명의 누나가 잠들어 있는 서울 외곽의 공동묘지였다.

살아 있는 사람이 죽은 이들의 안식처를 찾아오는 이유는 둘 중 하나일 것이다. 죽은 이를 기억하기 위해서, 혹은 죽어서 자신이 누울 자리를 구하기 위해서 말이다.

[여기는 꽤 비싼 곳 같네.]

고급스러운 무덤과 싸구려 무덤으로 죽은 뒤의 삶에 등급을 매긴다는 게 웃긴 일이지만 신천명의 누나가 있는 묘지는 고급스럽고 깨끗했다.

-며칠 전에 전화로 얘기를 나누었던 최무직 형사입니다.

묘비를 바라보는 신천명의 아버지에게 명함을 내밀던 최무직 형사는 순간 움찔했다.

묘비에 붙어 있는 사진을 바라보는 신천명 아버지 옆으로 날카로운 단검이 번뜩였기 때문이다.

-칼, 수집하시나 봐요?

침착하게 웃으며 질문했지만 최무직 형사는 알 수 없는 이 가족에게 방심해선 안 된다는 생각을 또다시 했다. 혹시 모를 만일의 사태에 대비해 최무직 형사는 신천명의 아버지와 약간의 거리를 두었다.

하지만 단검을 흘낏 내려다본 신천명의 아버지는 씁쓸한 미소를 지으며 자리에서 일어났다.

-자살하려는 거 아니니 걱정 마세요. 그저 호신용입니다.

-하하. 한국은 치안이 그리 나쁜 국가는 아닌데 말입니다.

-압니다. 단지 버릇입니다. 남미 쪽은 치안이 좋지 않아서 자기 몸은 자기가 지켜야 하거든요.

-그렇군요.

최무직 형사는 그동안 질리도록 봤던 이수정의 고소장을 꺼내려다 멈췄다. 그러고는 무언가가 생각난 듯한 얼굴로 신천명의 아버지를 보았다.

-저, 실례지만 따님께서는 어떻게 돌아가셨나요?

뜬금없이 딸의 죽음을 묻는 최무직 형사의 질문에 신천명의 아버지는 덤덤하게 대답했다.

-자살했습니다.

목소리에서 작은 떨림이 느껴졌지만 최무직 형사는 전혀 몰랐다는 듯 겸연쩍은 얼굴을 해 보였다.

-그렇군요. 안 좋은 기억이실 텐데 여쭤봐서 죄송합니다.

-아닙니다. 어차피 이십 년도 넘은 오래전 일입니다.

-그래도 아직 따님을 잊지 못하시나 봅니다. 묘지에서 사람을 만나는 건 형사 생활하고 처음이거든요.

-그러십니까?

[뭐야, 이 인간 왜 이렇게 딱딱해?]

사무적인 말투와 사무적인 표정, 그러나 묘비를 바라볼 때마다 흔들리는 눈빛. 최무직 형사는 자꾸 거북하다는 느낌이 들었다.

-그건 그렇고 축하드립니다. 오늘 아침에 아드님께서 퇴원했다고 하던데 아드님은 만나 보셨나요?

최무직 형사가 신천명의 아버지에게 살갑게 물었다.

하지만 돌아오는 대답은 고개를 젓는 부정이었다.

-그럼 아드님께서 퇴원 후 어디로 갔는지 알 수 있을까요? 다른 건 아니고 만나서 얘기할 게 있어서요. 하하.

사람 좋아 보이는 웃음으로 마무리 했지만 최무직 형사는 신천명의 아버지 표정 하나하나를 놓치지 않으려고 애썼다.

신천명 얘기가 거론되자 움찔거리는 모습에서 최무직 형사는 부자간에 어떤 걸림돌이 있다는 것을 눈치챌 수 있었다.

[아들이 십 년 만에 깨어났는데도 만나지 않았다.]

무엇이 아버지로 하여금 아들을 찾아가지 못하게 만든 것일까? 무엇이 아버지를 아들에게서 멀어지도록 했을까?

[혹시 김요한의 아버지가 개입됐나?]

하지만 최무직 형사가 조사한 바로는 신천명의 아버지는 신천명이 입원하기 몇 년 전에 재산을 정리하고 남미로 혼자 떠났다. 신천명이 입원할 때도 입원한 뒤에도 이수정이 고소장을 작성할 때도 한국에 입국하지 않은 사람이었다.

김요한의 아버지가 개입하거나 뭔가 수를 쓰기에 신천명의 아버지는 너무 멀리 떨어져 있었다.

[뭔가 있는데, 젠장 그게 뭔지 모르겠네.]

아무리 머리를 굴려도 도저히 모르겠다. 더럽고 추악한 무언가가 있다고 본능이 계속 속삭인다. 발가락에서부터 시작된 찌릿한 느낌이 척추를 타고 머리를 관통한다.

무언가를 숨기고 있는 사람, 다시 말해 범인을 심문할 때 느끼는 기분이 신천명의 아버지를 만나면서도 들었다.

누가 봐도 자살인 신천명 누나의 죽음. 하지만 그 죽음에 어떠한 것으로든 신천명의 아버지가 개입되어 있는 것은 확실했다.

경찰서에서 아버지라는 사람에게서 벗어나려고 발버둥 쳤다는 꼬마 신천명의 얘기가 떠올랐다.

—참, 들으셨습니까? 따님이 그때 임신 중이었다고 하던데.

조심스럽게 신천명 아버지에게 미끼를 던졌다.

곧이어 기다리던 반응이 나타났다. 흔들린다. 사무적으로 일관되던 표정이 흔들렸고 몸이 움찔거리는 게 보였다.

마른침을 삼키는 목울대가 보였다. 선선한 날씨에 어울리지 않게 이마를 타고 흐르는 식은땀도 보였다. 입술을 꼭 깨물고 당혹스러움을 참으려는 모습도 보였다.

–따님이 자살한 게, 자꾸 따님 얘기를 해서 죄송합니다. 직업이 직업인지라, 아무튼 임신 때문이 아닌가 싶습니다.

–임신이라.

임신이라는 말을 힘겹게 내뱉는 신천명 아버지의 모습에서 최무직 형사는 약간의 죄책감을 느꼈다.

어떤 남자의 아이를 임신하고 주변에 숨기다 결국 자살하는 여자들 얘기는 질리도록 듣고 눈앞에서 보기도 했다.

그렇기에 그 사실을 여자의 부모에게 알렸을 때 부모가 얼마나 당혹해 하고 울분을 토하는지도 잘 알고 있었다.

–그렇군요.

그런데 신천명의 아버지는 달랐다.

–임신했었군요. 제 딸이.

방금까지의 흔들림은 어느새 사라지고 다시 사무적인 모습으로 돌아가 있었다. 오히려 그 모습에 최무직 형사가 당황스러울 정도였다.

–시간이 많이 흘렀으니 따님을 이해해 주세요. 아버지나 다른 가족에게 알릴 수 없는 상황이 있었을 겁니다.

신천명의 아버지에게 직업상 질리도록 했던 말을 전했다.

그러나 최무직 형사는 보았다. 씁쓸한 미소를 지으며 딸의 묘비를 바라보는 신천명의 아버지의 눈물 고인 눈을 말이다.

–전 딸아이가 임신한 아이의 아버지가 누군지 압니다.

　-알고 계신다고요? 하지만 이십 년도 지난 일이라 그 남자를
처벌할 방법은 없습니다.
　-처벌할 필요 없습니다.
　-아, 네.
　사건이 더 늘까 봐 내심 걱정했던 최무직 형사가 안도의 한숨
을 쉬었다.
　-십 년 전에 아드님께서 성폭행 미수 사건에 연루됐던 것은
아시죠? 물론 처벌 없이 끝나긴 했지만.
　대화의 주제를 신천명으로 돌리는데 성공했지만 역시 아버지
의 반응은 무덤덤했다.
　그저 최무직 형사의 질문에 고개를 끄덕이는 것이 전부였다.
　[이 집안 사람들은 왜 그렇게 말이 없는 거야, 짜증 나네.]
　최무직 형사는 결코 평범하지 않은 가족과 사건에 휘말린 게 짜
증이 났다. 그러나 마음을 달래고 다시 질문의 보따리를 풀었다.
　-그때 아드님이 이수정이라는 여학생과 사귀었다는데 혹시
들은 적 있으십니까?
　-글쎄요. 저는 처음 듣는 얘기입니다.
　죽은 딸이 임신 중이었다는 소식이 충격이었을까?
　신천명 아버지의 목소리가 처음 만났을 때보다 더 기운이 없
었다. 그저 지나가는 바람처럼 말을 툭 내뱉었다. 삶에 대한 애
착 같은 건 아예 없었던 것 같은 목소리다.
　-거북하시면 다음에 다시 얘기할까요?
　자식들로 인해 고통 받았을 게 분명한 신천명의 아버지를 배

려하기 위해서였다. 그러나 신천명의 아버지는 말이 없었다.

－내일 오후에 다시 전화드리겠습니다.

더 이상의 대화는 아무 의미도 없다고 판단한 최무직 형사가 인사를 하고 서둘러 묘지를 떠났다.

－임신했었구나.

홀로 남은 남자가 쓸쓸히 말했다.

퇴원한 신천명을 위해서 김하융은 오피스텔을 마련해 주었다. 그리고 그 둘은 지금 오피스텔 입구에 서 있다.

－언제 시작할 거냐?

－뭘?

－네가 말한 게임.

－설마 아직도 모르고 있었던 거야?

－뭐가 말이냐?

－게임은…….

신천명이 섭섭하다는 투로 말을 이었다.

－수정이가 그렇게 된 그 시간부터 이미 시작되었어. 난 그 게임을 최대한 즐기며 끝내려 하는 사람일 뿐이고.

－그래? 몰랐다.

－몰랐다니 섭섭하네.

－그 게임 언제 결말낼 건데?

게임의 결말을 묻는 김하융의 얼굴이 굳어 있었다.

그도 그럴 것이 지금 신천명의 손에는 게임의 결말을 장식할

종이 상자가 들려 있었다. 그것은 인천에서 활동하는 조직폭력
배와 브로커들을 통해 러시아에서 밀수입한 물건이었다.
　게임의 결말은 분명 저 물건에 의해 끝날 거라는 걸 김하융은
알 수 있었다.
　-우선 지금은 쉬고.
　종이 상자를 쓰다듬는 신천명. 그의 눈빛은 앞으로 벌어질 일
에 대한 열망으로 불타올랐다.
　-내일부터 시작할 거야.

　-신천명.
　신천명을 바래다주고 집으로 돌아가는 김하융이 내일이라는
단어를 중얼거렸다.
　-내일이라.
　복수심에 불타지만 그 복수심으로 일을 망치고 싶지 않다는,
누구보다 냉정하게 일을 처리하려고 싶다는 신천명의 의지가
엿보였다.
　[두렵다, 그 냉철함과 복수심이.]
　십 년 전 학교 옥상에서 이수정이 성폭행당한 이후에 신천명
이 눈물을 흘리며 자신에게 말했었다.
　[왜 하필이면 수정이었나요?]
　-빌어먹을!
　어릴 때 저지른 한때의 실수라고 말할 수도 없다. 저주 받아
마땅한 그날에 그 쓰레기들 사이에 자신도 서 있었다.

　담배연기처럼 머릿속 기억이 사라진다면 얼마나 좋을까, 그러나 그것은 불가능했다. 부끄러워 몸서리칠 만큼 추악한 과거가 김하웅을 둘러싸고 있다.

　ㅡ어떻게 사죄를 해야 할까? 어떻게……!

　ㅡ널 어떻게 이용해야 할까?

　신천명은 종이 상자에서 꺼낸 물건을 천천히 들어 올렸다.

　반짝이는 검은 물건. 영화와 드라마에서 숱하게 봤던 물건.

　권총이라 불리는 살인 도구.

　신천명이 그것을 지금 들고 있다.

　ㅡ권총 한 자루에 200만 원이라. 겨우 200만 원에 사람 목숨 하나가 없어질 수 있다니 신기하군.

　권총을 향해 말하고 있지만 신천명의 눈빛은 공허했다. 끝없이 펼쳐진 우주의 끝에서 자신의 존재 가치를 부정당한 원시 생물 같은 그런 눈빛이었다.

　ㅡ김요한.

　신천명이 권총을 자신의 뺨에 가져다 댔다.

　차갑다. 그리고 뜨겁다. 차가움과 뜨거움이 동시에 느껴지는 것이 이상했지만 지금 권총에서 느껴지는 온도들은 신천명의 마음을 대변하고 있었다.

　ㅡ왜 이렇게 됐을까?

　신천명이 천천히 눈을 감았다.

5장 소년은 모든 것의 시작점이다

하도 많이 쑤시고 다녀서
기억도 안 나.
다시 한번 맛보면
떠올릴 수도 있을 거야.
다 추억일 뿐이야.
추억일 뿐이라고
이 개새끼야.

-왜?

2학년이 된 신천명은 같은 교실에 앉아 있는 이수정의 뒷모습을 바라보았다. 신천명의 눈빛을 느꼈는지 갑자기 뒤를 돌아보며 왜냐고 묻는 이수정의 질문에 신천명은 얼른 고개를 숙였다.

-왜 보냐고? 내 등에 뭐 묻었어?

같은 교실에서 마주친 이수정. 여자아이의 질문에 말없이 고개를 젓는 남자아이, 신천명.

-너 바보구나?

그런 신천명이 이수정에게는 덜떨어진 아이로 보였나 보다.

-맞지, 너 바보지?

-아니야.

-에이, 맞는데 뭘.

-아니야.

바보라고 부르는 이수정에게 신천명은 아니라고 대답했다.

-그럼 왜 자꾸 날 쳐다보는데? 내가 예뻐서?

신천명은 이수정의 질문에 자기도 모르게 고개를 끄덕일 뻔했다. 신천명은 머리를 긁적이며 교실을 빠져나갔다.

-쟤, 뭐야?

친구들과 깔깔거리며 웃는 이수정의 웃음소리를 뒤로하고 신천명은 붉어진 얼굴을 식히려 옥상으로 향했다.

24시간 개방된 학교 옥상은 학교에서 마음대로 담배를 필 수 있는 유일한 공간이었다.

그렇다고 마음대로 옥상에 올라갈 수는 없다.

옥상의 주인은 따로 있었기 때문이다.

학교 이사장도 선생님도 아닌 3학년 선배 한 명이 옥상의 실질적인 지배자였다. 그러한 옥상에 2학년이, 그것도 담배를 피우러 올라간다는 것은 [죽도록 때려 주세요.] 라고 말하는 것과 다를 바가 없었다.

소문에는 뭣 모르는 1학년 신입생 남자아이와 여자아이가 옥상에서 담배를 피우다 걸려 남자아이는 죽도록 맞고, 여자아이는 몹쓸 짓을 당했다고 했다.

신천명 또한 그 소문을 들었기에 가급적이면 옥상이 아닌 옥상과 통하는 계단에 앉아서 담배를 피웠다. 오늘도 사람이 올라오거나 내려오는 것을 경계하며 40초 만에 담배 빨아들이기 신공을 펼쳐야 할 것이다.

－천명아, 같이 가.

신천명은 뒤에서 들린 친구의 목소리에 눈살을 찡그렸다.

－오늘도 담배 안 가지고 왔냐?

소지품 검사도 일 년에 한 번 하면 많이 하는 학교에 담배를 안 가지고 다닌다는 것은 담배 살 돈이 없다는 말밖에 안 됐다.

그것도 아니라면 애연가들의 말처럼 내 담배는 내 담배, 네 담배도 내 담배. 고로 세상 모든 담배는 내 담배라는 생각으로 사는 녀석일지 모른다.

어른들의 시각에서 본다면 출생 신고 서류에 도장도 안 마른 녀석들이 담배를 피우는 것이 어이없게 보일 수도 있겠다. 하지만 십 대도 나름 고민이 있고 세상에 이리저리 치이며 사는 세상이니 어찌 담배를 안 피울 수가 있겠는가.

그리고 그렇게 만든 것은 담배를 만들어 파는 어른들이었다.

어른들은 알까, 세상의 온갖 걱정은 어른들만 하는 게 아니라 아이들도 가지고 있다는 것을 말이다.

담배 한 대 얻어 피우려는 거머리 친구에게 온갖 핀잔을 준 신천명은 옥상으로 향하는 중간 계단에 걸터앉아 주머니에서 담배를 꺼내 들었다.

그때 담배와 같이 종이 한 장이 계단 위로 떨어졌다.

—너, 아직도 수정이 사진 가지고 다니냐?

계단에 떨어진 물건, 그것은 이수정의 학생증에 있는 사진과 똑같은 증명사진이었다.

1학년 때 친구의 친구 또 그 친구의 친구를 통해서 거금 삼 만 원이나 주고 구입한 사진이었다.

코팅까지 해서 일 년 동안 애지중지 가지고 다니는 이수정의 사진임을 잘 아는 친구는 혀를 내두르며 신천명을 놀렸다.

—짝사랑하는 거 지겹지도 않냐? 이제 같은 반인데 고백이라도 한번 해 봐.

친구가 온갖 폼을 잡으며 담배에 불을 붙이며 자기 나름의 조언을 했다. 신천명은 친구의 말을 귓등으로 듣는지 사진을 다시 주머니에 집어넣으려 했다.

하지만 신천명은 그러지 못했다.

사진을 쥐고 있던 손을 누군가 억세게 잡아챘기 때문이다.

—헉!

갑자기 나타난 사람에게 손을 붙잡힌 신천명이 재빨리 뒤돌아다보았다. 친구도 옥상에서 내려온 게 분명한 누군가의 등장에 깜짝 놀라 입에 물고 있던 담배를 재빨리 버렸다.

－너희들 2학년이지?

신천명의 손을 붙잡고 2학년이냐고 묻는 사람. 짧은 머리에 교복 상의 단추를 풀어 헤친 그는 3학년 선배 김하융이었다.

[제기랄, 잘못 걸렸다.]

김하융은 이 학교 학생은 물론 인근에서 모르는 사람이 없을 정도로 유명했다. 이유는 김하융의 무서운 성격은 차치하고 엄청난 싸움 실력 때문이었다. 신천명은 속으로 하나님부터 시작해 부처님까지 신이란 신은 모두 부르며 이 상황에서 빨리 벗어나게 해 달라고 간절하게 기도했다.

－여기서 담배 피면 안 돼. 어서 교실로 돌아가.

그러나 소문과 다르게 무표정한 얼굴로 신천명과 친구에게 교실로 돌아가라고 말하는 김하융이었다.

소문이 맞으면 벌써 떡이 되도록 맞은 뒤 옷이 다 벗겨져 옥상에 매달려 있어야 했다. 그럼에도 자신들을 곱게 돌려보내 주는 김하융의 천사 같은 목소리에 신천명의 친구는 재빨리 '네'를 외치고 계단을 뛰어내려 갔다.

[배신자, 같이 가지.]

그러나 법보다 가까운 게 주먹이라 하지 않던가.

김하융이 무서워 혼자 도망치는 친구를 신천명은 현생이 아닌 다음 생애에서는 용서해 주기로 마음먹었다. 다음 생애에서 만난다면 말이다. 우선은 여기에서 빠져나가고 나면 혼자 도망친 친구를 가만두지 않으리라.

-저도 교실로 갈 테니까 손 좀.

김하융에게 붙잡힌 손이 풀려야 교실로 가든 화장실로 가서 엉엉 울든 하지 않겠는가. 그리고 그런 신천명의 말뜻을 알아차린 김하융이 천천히 손을 놓아주었다.

-세상 일이 다 그렇게 쉽게 끝나면 얼마나 좋을까?

권총을 쥔 신천명이 눈을 뜨며 과거로의 회상을 멈췄다.

-덥다.

더운 날씨가 아닌데도 신천명의 몸은 열이 끓듯 뜨거웠다.

-그런데 마음은 왜 이렇게 시릴까?

십 년 만에 세상으로 돌아온 신천명.

신천명은 자신의 운명이 변한 그 순간을 나시 떠올렸다. 20초도 안 되던 순간에 결정된 저주 받을 운명의 순간을 말이다.

-김하융, 뭐하냐?

옥상에서 패거리들과 함께 내려오던 김요한이 김하융과 신천명을 보았다. 김하융이 고개를 돌려 김요한을 보았다.

-그 자식은 뭐야?

신천명의 정체를 묻는 김요한에게 김하융이 대답했다.

-2학년이 여기 있기에 내려가라고 말해 주고 있었다.

소문에는 김요한과 김하융이 친구라고 했지만 지금 둘의 분위기는 친구라고 하기에는 다소 어색했다.

친구라면 더 편할 수도 있을 텐데 김요한과 김하융의 분위기는 어찌 보면 주종 관계라고 할 수 있을 만큼 서로 간의 벽이 느껴졌다.

-그래? 2학년이 여기 올라오면 안 되지.

김요한이 거들먹거리며 신천명을 위에서 아래로 훑어보았다.

-오, 이 자식 꽤 반반하게 생겼는데?

신천명의 예쁘장한 얼굴에 관심이 생긴 걸까, 신천명을 찬찬히 뜯어보던 김요한이 신천명의 손에 쥐어져 있는 증명사진에 눈길을 돌렸다.

-나 주려고 가져온 거냐? 이 자식, 내 팬인가 본데?

김요한이 던진 농담에 김하융을 제외한 나머지 패거리들이 낄낄거리며 웃었다. 그중에는 옥상에서 김요한 패거리들과 놀다 온 여자아이들도 있었다.

김요한의 농담과 놀림에 얼굴이 붉어진 신천명은 어서 이 자리를 피하고 싶었다.

-어디 사진 좀 볼까?

김요한이 신천명의 손에서 사진을 뺏어 들었다.

-이야, 애는 누구야? 나한테 상납하려고? 꽤 예쁘네.

-여자애 사진이야? 나도 좀 보자.

예쁘다는 말에 갑자기 떠들썩해진 계단에서 김하융은 말없이 신천명을 보았다. 사진을 뺏기는 순간 찡그린 신천명의 얼굴이 꽤 인상적이었기 때문이다.

−오, 예쁜데? 가슴도 클 것 같군.

김요한에게 사진을 받아 서로 돌려 보던 패거리들이 낄낄거리며 농지거리를 주고받았다.

−애, 누구야?

−그게.

신천명이 머뭇거리며 대답을 피했다.

−누구냐고? 맞아야 네 머리통이 제대로 돌아갈 것 같냐?

김요한이 비릿한 미소를 지으며 협박했지만 신천명은 고집스럽게 입을 열지 않았다.

−개새끼가 주둥이에 본드를 칠했나, 왜 대답이 없어?

그때 김요한의 패거리 가운데 한 명이 앞으로 나섰다.

−요한아, 나 이 여자애 알아.

사진 속 여자아이를 안다고 말한 사람은 최신종이었다.

−애, 2학년인데 인기도 꽤 많아.

−이름은?

−이름은 모르지만 피부가 하얘서 벗겨 놓으면 죽여줄 걸.

김요한과 최신종 사이에 오가는 대화로 인해 같이 있던 여자아이들이 살짝 인상을 썼다. 그러자 말없이 서 있던 김하융이 정리를 하기 시작했다.

−김요한, 사진 돌려주고 내려가자. 점심시간 끝났다.

−선생 새끼들은 걱정하지 마. 나 건들면 오히려 자기들만 손해란 걸 잘 알거든.

−그래, 김하융. 교실에 들어가도 잠밖에 더 자냐.

　박기호가 김요한의 말에 힘입어 한마디 거들었다. 그러자 김하융이 재빠른 동작으로 박기호의 목을 움켜쥐고 벽으로 밀쳤다.

　ㅡ박기호, 입 냄새 나니까 주둥이 열지 말라고 했지. 내 앞에서 주둥이 놀리지 말라고 한 말 다시 한번 해 줄까?

　박기호의 투덜거림 때문인지, 아니면 정말 입 냄새 때문인지 김하융이 박기호를 죽일 듯 노려보았다. 그 기세에 눌린 박기호가 입을 꾹 다문 채 고개만 끄덕였다.

　ㅡ그만해! 저 새끼 입 냄새는 전교생이 다 안다.

　웃는 얼굴로 그만하라고 말하는 김요한. 그러나 김요한의 이마에 식은땀이 흐르고 있는 걸 모두 보았다.

　친구지만 친구가 아닌 사이가 김요한과 김하융의 관계였다.

　김요한은 패거리와 여자아이들 앞에서 긴장한 얼굴을 보일 수 없기에 침착한 얼굴로 신천명에게 사진을 되돌려 주었다.

　ㅡ꺼져.

　신천명은 사진을 받아 들고 재빨리 자리를 떴다.

　신천명이 사라지기 무섭게 김요한의 얼굴에 비열한 미소가 흘렀다. 무언가를 상상하고 있는 듯한 야비한 미소. 그리고 그런 김요한을 더러운 벌레 보듯 보는 김하융이 있었다.

　ㅡ걸레 같은 년들.

　사무실 책상에 앉아 야한 동영상을 다운 받아 보던 김요한의 입에서 걸레라는 단어가 튀어나왔다.

사회 재단 부이사장이라는 직책에 어울리지 않는 단어를 내뱉는 김요한과 그의 책상 위에 놓여있는 얼마 전 태어난 딸과 아내의 사진. 사진 속 딸과 아내가 보고 있어도 김요한은 성인 사이트 탐방에 여념이 없었다.

서른이 가까운 나이인데도 하는 짓은 십 년 전과 다를 게 하나도 없었다. 단지 입고 있는 옷과 앉아 있는 사무실 의자가 조금 더 고급스러워지고 머리 스타일이 다른 직장인들처럼 단정하게 뒤로 넘겨졌다는 것만 뺀다면 말이다.

[부이사장님, 경찰이 찾아오셨습니다.]

인터폰을 통해 얼마 전에 새로 뽑은 신입 비서의 목소리가 상냥하게 들려왔다. 김요한이 생각 없이 인터폰으로 손을 뻗다 멈칫했다.

－경찰? 경찰이 왜?

아무리 생각해도 경찰이 찾아올 일은 없나. 결혼한 뒤 여자도 노름도 가까이 하지 않을 만큼 나름 정상적으로 살려고 노력한 김요한이다.

정치인들의 은밀한 탈세와 비자금 축적을 돕기 위해 재단을 이용한 적은 있었지만 그러한 일로 경찰이 찾아올 리가 없다. 그것 외에 크고 작은 비리나 방송과 언론사를 매수하기 위한 성 상납 혹은 술 접대 같은 지저분한 일이 몇 개 있긴 하지만 그런 것들은 김요한이 꼭두각시로 내세운 늙은이들이 처리해야 할 문제였다. 자신은 그저 조용히 있다가 시간이 되면 아버지처럼 정치 쪽으로 입문해서 확실한 노후 보장을 받으면 그만이었다.

그때까지 사고만 치지 않으면 모든 게 완벽한 삶이 되는 것이다.

그런데 갑자기 경찰이 찾아온 것이다.

-설마, 이수정?

얼마 전 술자리에서 고등학교 때 친구들이 꺼낸 이수정 얘기가 찜찜하긴 했지만 어차피 이수정은 정면에 나서서 떠벌리고 다닐 수 없는 입장이 된 지 오래였다. 아무리 세상이 개방적으로 변했어도 성폭행당한 여자가 창녀나 술집 작부라면 사람들이 일단 색안경을 끼고 바라보는 게 이 나라 때문이다.

-그래요? 들어오시라고 해요.

김요한은 최대한 정중한 목소리로 들여보내라고 말했다.

-제기랄!

인상을 구기며 사무실 한쪽에 세워 둔 전신 거울 앞으로 걸어가 옷매무새를 가다듬는 김요한. 그는 경찰의 방문 목적보다 남들에게 보이는 모습에 더욱 신경 쓰는 인간이었다.

-안으로 들어가세요.

-아이고, 감사합니다.

최무직 형사는 상냥하게 웃으며 부이사장실로 안내하는 비서 뒤에서 고개를 갸웃거렸다. 인터폰에서 들려온 김요한의 정중한 목소리에 살짝 눈가를 찡그리던 비서의 표정이 이상해서였다.

[상사를 그리 좋아하지 않는군.]

알다가도 모를 인간들만 모인 이번 사건에서 최무직 형사는 사건을 파고들수록 점점 그 속을 알 수 없는 이중인격자들이 속

속 튀어나오자 머리가 지끈거렸다. 얼마나 아팠으면 집에 들어
가자마자 아내에게 눈길 한번 안주고 잠만 자겠는가.

[이러다 이혼 당하는 거 아냐.]

쓴웃음을 지으며 부이사장실로 들어간 최무직 형사의 눈에 김
요한이 책상에 앉아 서류를 보고 있는 척하는 모습이 들어왔다.

[고등학교 때는 소문난 양아치가 지금은 재단 부이사장이라?
세상은 정말 공평치 않아.]

－안녕하십니까? 최무직 형사라고 합니다.

－김요한입니다.

머릿속에는 김요한에 대한 부정적인 생각이 가득했지만 겉으
로는 친근한 웃음과 함께 명함을 내밀면서 김요한의 표정을 자
세히 살폈다.

[이것 봐라. 오히려 나를 환영한다는 듯 웃고 있네?]

반갑게 자신을 맞이하는 김요한의 표정과 동작에 이상할 것
은 없었다. 하지만 십 년 전 진실을 알고 있는 최무직 형사의 눈
에는 그러한 김요한의 모습이 가식으로 보였다.

사건의 중심에서 모든 문제를 일으킨 남자가 바로 김요한 아
닌가.

최무직 형사는 웃으며 자리를 안내하는 이 남자가 정말로 이
수정과 연관성이 있는지 잠깐 의심했다. 현재의 모습만 본다면
창녀인 이수정과 김요한은 전혀 연결고리가 없는 사람들이다.

[그래도 내가 안 이상 먼지 하나까지 샅샅이 털어 봐야지.]

소파에 앉으라는 김요한에게 고맙다는 인사를 하며 최무직

형사는 어디서부터 시작할지를 곰곰이 생각했다.

　-저를 찾아오신 용건이 무언지 물어봐도 될까요?

웃는 얼굴로 대화의 운을 뗀 김요한이 물었다.

　-이수정 씨에 대해서 물어볼 게 있어서 찾아왔습니다.

　-이수정? 그게 누구지?

대답이 끝나기 무섭게 고개를 갸웃거리며 이수정을 기억하려 애쓰는 김요한이다.

[연기는 정말 못하네.]

형사 앞에서 연기를 하는 사람은 많다. 그중에는 형사를 속일 만큼 연기를 잘하는 사람도 더러 있지만, 김요한처럼 티가 날 정도로 어색하게 연기하는 사람이 더 많다.

　-기억 안 나십니까? 고등학교 옥상에서 김요한 씨 얼굴을 반이나 망가지게 했던 사건의 주인공 말입니다.

　-아, 그 이수정?

최무직 형사의 설명에 그제야 누군지 알겠다는 김요한의 얼굴에 가식과 거짓이 가득했다.

그리고 그것을 놓칠 최무직 형사가 아니었다.

　-그때 그날 무슨 일이 있었습니까?

　-그 일은 저도 갑자기 당한 일이고, 그런 걸 지금까지 기억해야 할 이유도 없어서 기억이 잘 안 나네요.

그러나 김요한의 파르르 떨리는 눈가의 주름과 입으로 가져간 고급 커피 잔의 작은 흔들림이 지금 김요한의 말이 거짓임을 알려 주고 있었다.

최무직 형사는 묻고 싶은 게 많았지만 오늘은 더 이상의 질문은 하지 않기로 마음먹었다.

－혹시나 했는데 아무 기억 안 나신다니 더 이상 물어볼 것도 없네요. 얼굴도 멀쩡하신 걸 보니 그때 치료가 잘 되었나 봅니다.

－네. 저도 기억이 났으면 좋겠지만 이수정이라는 이름 자체도 이제는 가물가물하네요. 도움을 못 드려 죄송합니다.

－아닙니다. 만나 주신 것만 해도 감사하지요. 솔직히 한번 뵙고 싶었습니다.

－저를요?

－네.

자리에서 일어나던 최무직 형사가 말을 이었다.

－십 년 전, 근방 학교에서도 모두가 알아주는 최고의 남자라고 하도 많은 얘기를 들어서 어떤 분인가 궁금했습니다. 만나 보니 멋진 남자인 건 확실하네요. 얼굴도 요샛밀로 완전 조각이고. 정말 부럽습니다. 단지.

－단지?

김요한이 긴장한 눈빛으로 되물었다.

－이수정 씨를 기억 못 한다는 게 약간 걸리네요.

－제가 굳이 기억을 해야 합니까?

김요한의 표정에 불쾌감이 비치자 최무직 형사가 손사래를 치며 아니라고 대답했다.

－아유, 아닙니다. 이제 가정도 있는데 그런 분에게 안 좋은 과거를 묻는 게 잘못이지요.

-그럼 더 이상 대화할 이유는 없겠군요. 죄송하지만 제가 회의가 있어서요.

이제 그만 돌아가라는 기색이 역력한 김요한에게 최무직 형사가 웃음을 띠며 말했다.

-얼마 전에 따님을 얻으셨다고요. 기분 좋으시겠습니다. 요즘은 아들보다 딸이 자식 노릇 한대요.

갑자기 딸 이야기를 꺼내는 최무직 형사를 김요한이 의아한 얼굴로 보았다. 하지만 뒤이어 들려온 말에 김요한의 인상이 저절로 구겨졌다.

-이수정 씨도 누군가의 귀한 딸이고 좋은 남자를 만나 세상 그 어떤 것도 부럽지 않게 사랑 받을 자격이 있는 여자였는데, 김요한 씨는 어떻게 생각하시나요?

-…….

-부이사장님도 딸을 키우는 아버지가 되셨으니 아무쪼록 따님에게는 행복한 일만 생기기를 바라겠습니다.

-젠장!

최무직 형사의 마지막 말이 김요한의 머릿속을 떠나지 않았다. 이를 악물고 겨우 웃으며 최무직 형사를 사무실에서 내보냈지만 김요한의 얼굴은 불쾌함과 분노로 가득했다. 형사가 일부러 딸 얘기를 한 걸 보니 무언가 알고 있는 게 틀림없었다.

-십 년이나 지난 일을 가지고 왜 지금에 와서 지랄이야.

박기효에게 이수정 얘기를 들었을 때만 해도 별일 아니라고 여겼던 김요한이었다.

몸을 파는 창녀가 십 년 전에 성폭행을 당했다는 거에 관심을 갖는 사람은 그 문제를 정치적으로 혹은 사회적으로 이용하려는 쓰레기들뿐이다. 어릴 때부터 국회 의원 아버지를 통해 그런 사람들을 수도 없이 보고 자라지 않았는가. 김요한은 이딴 일로 자신이 절대 무너지지 않을 거라는 걸 잘 알고 있었다.

-딸을 키우는 아버지 입장?

한 번도 생각해 본 적 없다. 이수정도 누군가의 소중한 딸이자, 누군가를 사랑하고 그에게 사랑 받을 자격이 있는 여자라는 사실을 생각해 본 적이 없다.

그날 옥상에서의 사건이 없었다면 이수정도 다른 여자아이들처럼 평범하게 살았을 것이다.

신천명 혹은 대학이나 사회 생활을 하다 만난 남자와 결혼을 했을 수도 있다. 만약 이수정이 결혼을 한다면 결혼식장에 딸의 손을 잡고 입장하는 아버지의 마음은 행복으로 가득할 것이다.

김요한은 딸이 자라서 사랑하는 남자를 만나고 그 딸을 자신이 직접 결혼식장에 데리고 들어갈 때의 느낌을 떠올렸다.

그러나 이수정의 삶에 대해서는 한 번도 생각해 본 적이 없다. 아니 생각해 볼 마음 자체가 없었다.

지금까지 살아오며 김요한이 내린 결론은 여자는 남자의 성욕을 해소해 주기 위한 하나의 도구라는 것이다. 섹스하고 싶을 때 언제나 할 수 있는 나약하고 힘없는 인형.

자신이 데리고 놀거나 쓰레기 취급했던 여자들이 누군가의

딸이고 누군가가 사랑하는 여자라는 생각은 결코 해본 적이 없
었다.

　- 다 지난 일이야. 추억일 뿐이라고.

김요한이 한참을 생각하다 자리를 박차고 일어났다.

　-이딴 일로 무너질 수는 없어.

자신은 한 아이의 아빠이자 한 가정의 가장이다.

김요한은 불미스러운 과거는 모두 잊었다. 다만 그 과거를 가
지고 살아가는 사람이 있어 김요한의 과거를 기억한다면 그들
을 없애면 그만이다.

딸이 자라서 아빠를 부끄럽게 생각하지 않도록 만들면 되는
거다.

지금 김요한의 머릿속을 어지럽히는 것은 죄책감이나 미안함
이 아니었다. 혹시라도 자신의 딸이 아빠의 추악한 과거를 알게
되지는 않을까 하는 두려움이었다.

김요한의 머릿속은 점점 더 복잡해졌다.

　-그때 건들지 말았어야 했어.

십 년 전 그때를 떠올려 본다. 그리고 처음으로 후회했다.

　-네가 이수정이냐?

학교 수업이 끝나고 이수정이 교문 앞 큰길가에 서 있을 때,
불량해 보이는 한 남자가 이수정을 가로막으며 질문을 했다.

이수정은 자신에게 질문하는 남자가 누군지 알고 있었다. 질
나쁘기로 유명한 3학년 박기호 선배였다. 그냥 무시하고 싶었

으나 혹시나 해코지를 당할까 봐 이수정은 고개를 끄덕였다.

그러자 박기호가 어딘가를 향해 손짓을 했다. 곧이어 기다렸다는 듯이 골목에서 남자 두 명이 모습을 나타냈다.

방금까지 담배를 피우고 있었는지 뿌연 연기를 내뿜으면서 나타난 김요한과 최신종이었다.

그들의 등장에 이수정은 손에 들고 있던 가방을 힘껏 껴안았다. 좋은 뜻으로 자신을 찾아온 게 아니라는 걸 직감적으로 알아챘기 때문이다.

-이수정, 맞지?

-네.

이수정은 긴장한 얼굴로 주변을 둘러보며 자신을 도와줄 사람이 있는지를 확인했다. 하지만 같은 학교를 다니는 것이 분명한 학생들 모두가 못 본 척 빠른 걸음으로 자신과 김요한 패거리 옆을 지나쳐 갔다.

-너, 얼굴도 반반하고 가슴도 꽤 크구나. 어때? 내가 예뻐해 줄 테니 나랑 사귈래?

이수정의 몸을 훑어보는 김요한의 눈빛에 이수정은 몸서리를 쳤다.

김요한의 사귀자라는 말은 [나랑 같이 잘래?] 라는 뜻이라는 걸 친구들과 선배들을 통해 익히 들어서 알고 있었다.

이수정은 단호한 표정으로 고개를 저으며 싫다고 대답했다. 김요한의 성적 노리개 따위가 되고 싶은 마음은 절대 없었다. 하지만 이수정의 대답을 예상이라도 했는지 김요한은 코웃음을 치며 이수정의 눈이 아닌 가슴을 보며 말했다.

  -너, 그런 예쁜 몸을 가지고 세상에 태어났으면 남자들을 위해 봉사해야 하는 거야. 알아?

  -그런 거 알고 싶지 않아요.

  -그래? 그런데 너무 튕기시네.

  튕긴다는 말이 끝나기가 무섭게 김요한이 두 손으로 이수정의 어깨를 움켜잡고 날카롭게 노려보았다.

  -그러지 마, 자꾸 그러면 후회할 일 생길 거야. 좋게 말할 때 나랑 몇 번 재미있게 즐기면 돼. 물론 너도 좋아할 거야, 흐흐.

  -손 치워 주세요.

  이수정이 더러운 물건이라도 닿은 듯 김요한에게서 몸을 빼려고 애를 썼다. 그럼에도 김요한은 움직이지 않고 조롱하는 웃음을 지으며 손가락으로 이수정의 하반신을 가리켰다.

  -왜 여자를 냄비라고 부르는지 아니?

  -…….

  -냄비 용도를 잘 생각해 봐라. 너도 어차피 냄비니까.

  그 말을 남기고 김요한은 패거리들과 낄낄거리며 사라졌다.

  그리고 그런 모습을 멀리서 지켜보는 한 남자가 있었다.

  -말리고 싶었지만 말릴 수가 없었다. 그것으로 끝날 거라 믿고 싶었던 건지도 모르겠다. 설마 학교 옥상으로 이수정을 끌고 갈 거라고는…….

  -그래?

　-그래. 하지만 이수정만 그런 일을 당한 건 아니었다. 1학년 신입생 중에도 있었고 3학년에도 있었고 다른 학교 여자아이들도 있었다. 조금이라도 예쁘거나 마음에 들면 찾아가서 사귀자고 하는 놈이었다. 그리고 자기 말을 안 들으면.

　-안 들으면?

　-아까 말했던 것처럼 끌고가는 거지.

　-끌고 가는 사람 중에 한 명이 형이고?

비아냥 같은 신천명의 말에 김하융이 말없이 고개를 돌렸다.

6장 걸레의 눈에서 흐르는 것은 구정물이다

추억이 될 수 없어.
범죄는 결코 추억이 될 수 없어.

깨끗하게 용서 받거나
처절한 복수를 당한 뒤가 아니라면
추억이 될 수는 없잖아, 요한아?

　-하나도 안 변했군.

　김요한은 측근을 시켜 조사한 이수정의 현재 모습이 찍힌 사진을 보았다. 아직도 예쁜 얼굴로 사창가 의자에 앉아 있는 이수정의 사진을 보며 얼굴에 묘한 표정을 지었다.

　-이렇게 될 거였으면 그때 나랑 사귀었으면 좋았잖아.

　[네가 지옥으로 떨어진 건 네 스스로 결정한 거야. 내가 하라고 시킨 게 아니라고, 이수정.]

　사진을 확인한 김요한이 종이봉투에 사진을 집어넣은 뒤 쓰레기통에 던졌다. 딸도 태어난 지 얼마 안 됐고, 아내에게 과거를 숨긴 채 좋은 아빠, 자상한 남편으로 살아가기 시작한 것도 얼마 되지 않았다.

　그런데 갑자기 튀어나온 이수정과 강력계 형사 그리고 잠에서 깨어난 신천명이 자신의 삶을 흔들려고 한다. 머리가 지끈거렸지만 김요한은 별일 없을 거라며 스스로를 위로했다.

　-새삼 그 사건을 끄집어내서 뭘 어떻게 하겠다고. 그래도 조심해서 나쁠 건 없지.

　김요한은 쓰레기통에 던진 종이봉투에 시선을 두었다. 복잡한 눈빛으로 한참 동안 종이봉투를 응시하던 김요한이 조용히 사무실 문을 열고 나갔다.

　-잠시 외출할 테니까 누가 찾으면 재단 후원자들 만나러 나갔다고 해.

　주의를 주고 나가려던 김요한의 눈에 비서의 입가에 묻은 음식물 자국이 보였다.

-뭐, 먹고 있었나?

그러자 앳돼 보이는 여자 비서가 황급히 입가의 떡볶이 국물을 닦았다.

-죄송합니다. 경리과에서 떡볶이를 주는 바람에…….

-나도 한때는 떡볶이 좋아했었는데, 학교 옥상에서 친구들과 자주 먹었지.

남이 듣는다면 학창 시절 학교 친구들과 놀면서 떡볶이를 나누어 먹었다고 생각하겠지만 김요한의 눈빛은 다른 것을 말하고 있었다.

-그때는 정말 철없이 놀았지.

김요한은 비서의 치마 아래로 매끈하게 드러난 다리를 노골적으로 쳐다보며 미소를 지었다.

-네?

비서가 무슨 말인지 뜻을 파악할 사이에 김요한은 이미 1층으로 향하는 엘리베이터에 탑승하고 있었다.

알 수 없는 말만 남기고 사라진 상사의 말을 곱씹으며 생각에 잠겼던 비서가 자신의 다리를 보던 김요한의 눈빛이 떠올랐는지 떡볶이 그릇을 쓰레기통에 집어넣으며 짜증을 냈다.

-미친 변태!

-떡볶이를 먹을 때마다 뭐가 생각나는지 알아?

동네 친구들과 분식집에서 게걸스럽게 떡볶이를 먹던 최신종은 포크에 딸려 올라오는 떡볶이를 보며 십 년 전을 떠올렸다.

　-내가 고등학교 다닐 때 이수정이라는 걸레가 있었어. 그년을 걸레로 만든 건 나지만, 그래도 그 처녀막을 내가 뚫었지.

　최신종의 말에 친구들이 키득거렸다. 음담패설의 농도가 짙어서였을까, 주변에서 음식을 먹던 여자아이들이 눈을 흘기며 최신종을 노려보았다.

　-왜? 너희들도 한번 해 줘?

　최신종이 능글맞은 웃음을 머금은 채 여자아이들을 향해 일어나려 할 때였다. 한 남자가 어디에서 얻어맞았는지 다리를 절뚝거리며 분식집 안으로 들어왔다. 최신종과 익히 알고 지내는 후배였다.

　-너, 왜 그래?

　그 뒤로 건장한 체격의 조직폭력배 다섯 명이 따라 들어왔다.

　-너희들 뭐야?

　동네 깡패들과는 질적으로 다른 조직폭력배들이 등장하자 최신종은 뭔가 일이 터졌다는 걸 직감했다.

　[병신, 죽으려면 저나 혼자 죽지. 왜 여기로 기어 들어와.]

　어디선가 사고를 치고 조직폭력배들에게 얻어맞은 거라 생각한 최신종은 그 후배와 자신은 아무 사이도 아니라고 말하고 빠져나가려고 했다.

　-어이, 누가 최신종이여?

　조직폭력배 중 한 명이 험악한 얼굴로 최신종을 찾았다.

　최신종은 재빨리 주변을 둘러보았으나 누구 하나 나서는 사람이 없었다. 이 상황에서 도와줄 놈 하나 없다고 판단한 최신종이 긴장한 얼굴로 대답했다.

─내가 최신종인데.

순간 조직폭력배들이 모두 최신종을 노려보았다.

[씨, 이게 대체 무슨 일이야.]

─너희들 누가 보냈어? 누가 보내서 왔어?

친구들과 후배 앞에서 기죽은 모습을 보일 수는 없어서 나름 당당히 대답하는 최신종이었으나 돌아오는 것은 매섭게 날아드는 주먹뿐이었다.

최신종은 순식간에 분식집 바닥에 나동그라졌다.

─씨발, 너희들 내가 누군지 알아?

최신종의 코뼈가 주저앉았는지 코피가 줄줄 쏟아졌다.

─아유, 잘 알지라. 최신종 양아치 선생님 아니십니까. 저희 형님께서 무척 보고 싶어 하시니 저희와 같이 가시죠.

─뭐?

코를 잡고 있던 최신종의 눈이 크게 떠졌다.

─너희 형님이 누군데? 왜 나를 보자고…….

─그냥 아가리 닥치고 따라오시면 됩니다.

─씨발, 내가 누군지 알고.

─안다니까 자꾸 귀찮게 하네, 안 되겠다. 얘들아, 저분 곱게 접어서 모셔라.

문득 두려운 마음이 든 최신종이 애원하는 눈빛으로 자신을 따라다니는 동네 친구들을 돌아보았다. 제발 좀 구해 달라는 애절함을 가득 담고 말이다. 그러나 최신종과 마주치지 않으려고 눈을 피하거나 애꿎은 떡볶이만 찍는 놈들이 최신종을 도와줄 리가 없었다.

[씨발, 새끼들.]

여자를 꾀러 나이트클럽에 갈 때 좋다고 따라다닐 때는 언제고 지금은 숫제 모르는 척 쳐다보지도 않는 친구들의 행동에 최신종은 배신감을 느꼈다. 조직폭력배들에게 이끌려 분식집을 나가는 최신종 눈에 조금 전 자신이 희롱한 여자아이들이 손가락질하며 무어라 말하는 모습이 보였다.

[딩동.]

김요한의 휴대 전화에서 문자가 왔음을 알리는 소리가 들렸다. 김요한은 문자 메시지의 내용을 확인했다.

[반쪽 처리 완료!]

김요한은 모든 걸 정리하기로 했다. 어린 시절의 추잡했던 과거를 지우고 지금껏 돈과 권력을 손에 쥐고 살았듯이 앞으로 더 많은 돈과 권력을 손에 쥐며 살 것이다.

김요한은 조금이라도 돈과 권력 강화에 방해가 된다면 그 걸림돌을 없애야 하며, 가정과 돈, 권력을 지키기 위해서는 걸림돌을 없애는 행위 자체를 두려워하거나 무서워해서는 안 된다고 어릴 때부터 아버지에게 교육을 받고 자랐다.

그리고 지금 김요한은 자신의 안정적인 권력 강화에 방해가 될 수 있는 친구들을 하나씩 정리하고 있는 중이다.

김요한은 천천히 눈을 감으며 십 년 전 꼬이기 시작한 한 여자아이의 인생을 떠올렸다.

[이수정, 나한테 자발적으로 다리만 벌렸어도 서로가 웃으면서 깔끔하게 끝날 수 있었을 텐데.]

다른 여자아이들처럼 성적 노리개가 되었더라면 지금처럼 이수정이 망가지는 일은 없었을 것이다. 오히려 좋은 직장이나 괜찮은 남자를 소개해 줬을 수도 있었다.

[맛있는 건 나누어 먹는 게 남자들의 의리니까.]

맛있는 게 여자라는 의미라면 김요한의 정신세계가 얼마나 썩었는지를 알 수 있었다. 단지 본인만 모를 뿐이다. 본인이 얼마나 쓰레기인지를 말이다.

─세상에서 가장 추악한 게 뭔지 알아?

─글쎄.

─사랑하는 사람이 눈앞에서 다른 남자에게 당하는 걸 볼 때야.

─그게 추악한 거라고?

─응. 자신의 무능함을 깨닫게 됨과 동시에 남자의 더러운 본능을 같은 남자의 입장으로 뼈저리게 느끼게 되니까.

─수정이 얘기를 하는 거라면.

─수정이? 수정이만 그런 거라면 내가 이렇게까지 됐을까?

─그럼?

─수정이와 내가 사랑한 또 한 여자.

─또 한 여자?

신천명은 김하융과 커피숍에 앉아 얘기를 나누다 불현듯 다른 여자의 존재를 꺼냈다.

　–다른 여자, 그게 누군데?

　–궁금해?

　신천명은 잔을 내려놓으며 몸 안에 퍼져 나가는 카페인 효과를 느꼈다. 식물인간이 되면서 본의 아니게 담배를 끊은 신천명이지만 다시 담배를 피울 생각은 없었다.

　–죽은 우리 누나.

　–누나?

　–응, 그것도 아무도 상상하지 못할 남자에게 당했지.

　–복수하고 싶냐? 누군지 말만 해. 내가 죽여줄 테니.

　신천명의 고통을 누구보다 이해하는 김하융은 신천명에게 또 다른 아픔을 선사한 자를 기꺼이 죽여 줄 수 있었다.

　누구보다 고통스럽게, 누구보다 처참하게 죽여 줄 수 있지만 신천명은 대답 대신 매력적인 눈웃음을 지으며 고개를 저었다.

　–됐어. 어차피 내가 해야 할 일이야. 대신 다른 부탁이 있어.

　–무슨 부탁?

　신천명이 부탁한다고 말하자 김하융은 긴장이 되었다. 물건을 건네줄 때부터 느낌이 안 좋았는데 이번에는 또 어떤 부탁을 하려는 걸까.

　–김요한을 내 앞에 데려다 줘.

　부탁은 간단했다.

　슈퍼마켓에 들려서 우유 하나 사다 달라고 부탁하는 것처럼 쉽게 말하는 신천명이다.

-오늘 저녁 김요한과 얘기를 해 보고 싶어.

-얘기?

김하융은 신천명이 말한 얘기가 오랜만에 만난 친구끼리 회포나 푸는 것이 아니라는 것쯤은 알았다.

그냥 얘기만 하기에는 서로가 가지고 있는 감정의 골이 너무 깊지 않은가. 모르긴 몰라도 누구 하나는 죽어 나갈 거라는 예감이 김하융의 머리를 스치고 지나갔다. 그리고 죽음을 맞을 사람은 바로 김요한일 것이다.

-그래, 네 앞에 김요한을 데려다 주마.

김하융은 십 년 간 지속된 더러운 기억을 이제는 지울 수 있다고 믿었다. 이 끔찍한 악몽에서 그만 벗어나고 싶었다.

신천명과 헤어져 사무실로 향하던 김하융은 누군가의 전화를 받았다.

-말해!

힘이 잔뜩 실린 목소리로 김하융이 상대방에게 단도직입으로 물었다. 그러나 상대방은 자신이 맡은 임무가 틀어졌음을 김하융에게 보고했다.

-뭐? 최신종이 없어져?

김하융은 내일 있을 신천명과 김요한의 만남에 최신종과 박기호까지 모두 끌어다 놓을 생각이었다. 그런데 지금 부하에게서 최신종이 사라졌다는 연락을 받은 것이다.

신경질적으로 전화를 끊은 김하융은 복잡하게 돌아가기 시작한 신천명의 게임을 생각했다.

—뭐가 이렇게 복잡해.

냅다 찾아가 칼로 찌르거나, 아니면 드럼통에 담아 시멘트를 부은 뒤 인천 앞바다에 고기밥으로 던지면 쉽게 끝날 일인데도 신천명이 주장하는 게임에는 그러한 폭력 행위 자체가 금지되어 있었다. 김하융은 뜻대로 일을 진행하지 못해서 답답했다.

신천명이 눈을 뜨자마자 최신종과 박기호를 죽이려고 했다. 그러나 신천명이 원하지 않았다.

—일이 꼬이기 시작해. 뭔가 느낌이 안 좋아.

비록 단순 무식한 깡패지만 일이 꼬이는 걸 누구보다 민감하게 알아채고, 빠르게 처리하는 김하융이었다. 한쪽에서 일이 꼬이면 다른 곳에서 더 큰일이 벌어지는 법. 그걸 유식한 언어로 뭐라고 하지만 김하융은 그러한 단어를 알고 있지도, 알고 싶지도 않았다.

지금 김하융에게 급한 건 최신종이 어디로 사라졌느냐 였다.

—확실하게 말 안 해?

김하융의 부하가 최신종을 대신해 끌려온 친구에게 험악한 인상을 지으며 소리쳤다.

김하융의 부하는 모든 협박을 동원해 사라진 최신종의 행방을 알아내려 했다. 그러나 그들에게서 돌아오는 대답은 최신종이 처음보는 사람들에게 잡혀갔다는 말뿐이었다.

—우리 말고 최신종이를 노리는 놈들이 또 있다는 거야?

　　결국 참다못한 김하융의 부하가 최신종 친구 중 한 명의 복부를 구둣발로 걷어찼다.

　　—누구야? 도대체 그 새끼들이 누구냐고?

　　그러나 그들도 최신종을 잡아간 사람들이 누군지 몰랐다. 안다면 지금 당장이라도 이 사람들의 손을 잡고 앞장서서 안내해주고 싶을 따름이다.

　　—잡혀갔다?

　　김하융의 부하가 얼마의 시간의 지난 뒤 알아낸 것은 근처에서 활동 중인 조직폭력배들에게 최신종이 잡혀갔다는 거였다.

　　죽이고 싶을 만큼 밉고 상종도 하기도 싫은 인간이지만 김하융은 최신종의 마지막을 장식할 사람은 신천명이라고 믿었다. 왜 그들이 최신종을 잡아갔는지 모르겠지만 이유는 궁금하지 않았다. 돈을 빌려 썼다가 갚지 못해 잡혀갔을 수도 있고 그들 중 누구의 딸이나 동생을 건드려 잡혀갔을 수도 있다.

　　만약 돈 문제라면 돈을 주고 깔끔하게 데리고 나오면 그만이다. 문제는 다른 이유로 최신종이 잡혀갔을 때다.

　　김하융은 부하 오십 명을 데리고 최신종을 잡아간 조직폭력배들의 근거지로 향했다.

　　—애들은?

　　—모두 준비 끝났습니다, 형님.

　　—그래? 그럼 언제라도 작업할 수 있게 대기하고 있으라고 해. 넌 나랑 먼저 들어간다.

김하융은 먼저 대화를 통해 최신종을 데려오기로 했다. 그러나 대화가 안 통하면 그때는 어쩔 수 없이 싸울 수밖에 없다.

—시간이 늦었으니 빨리 끝내자.

밤의 세계에서는 지금이 하루가 시작되는 시간이지만 김하융은 빨리 일을 정리하고 양심의 가책에서 벗어나고 싶었다.

[신천명, 이건 너를 위한 게 아니라 나를 위한 거다. 쓰레기 같은 인간들 모두 끝장내면 마지막은 나다.]

—가자!

김하융은 부하 한 명과 함께 조직폭력배들의 사무실로 들어갔다. 그런 그의 눈빛이 용광로처럼 이글거렸다.

—박기호 씨가 무슨 일로 저를 이렇게 급하게 찾으셨나요?

최무직 형사는 자신을 찾는 박기호의 급한 전화에 경찰서 근저 술십으로 어슬렁거리며 들어섰다. 박기호는 밖이 훤히 보이는 창가를 피해 구석 자리에 앉아 안절부절못하고 있었다.

무언가 큰일이 벌어졌다는 걸 직감했지만 최무직 형사는 모른 척 박기호에게 반갑게 손을 흔들었다. 그런 최무직 형사를 보고 박기호는 조용히 하라며 다급하게 주변을 살폈다.

—제발 조용히 하고 빨리 앉으세요.

무언가에 쫓기는 사람처럼 불안에 떠는 박기호에게 최무직 형사가 웃음을 거두고 물었다.

—무슨 일로.

—이수정!

—네?

—이수정에게 십 년 전 무슨 일이 있었는지 다 말할게요. 그러니까 제발.

—제발?

—저를 보호해 주세요.

—보호요?

—씨발, 내 친구 중 한 놈이 사라졌는데 조폭들한테 잡혀갔다는 소문이 파다해요.

—그 친구가 누군데요?

—최신종.

—아, 고등학교 때 친구? 그런데 그분이 사라진 게 박기호 씨와 무슨 관계가 있기에 이렇게 겁에 질려 있나요?

—십 년 전에 나와 같이 이수정을…….

—이수정을?

최무직 형사는 차분하게 기다렸다. 제 발로 걸어 들어온 먹잇감을 재촉할 이유는 없기 때문이다. 그리고 그 먹잇감은 스스로 모든 걸 털어놓기 시작했다.

—씨발, 이수정을 성폭행한 게 나와 최신종 그리고…….

이제야 퍼즐이 조금씩 맞춰지기 시작했다. 최무직 형사는 과거의 추악한 짓을 말하고 있는 박기호를 조용히 보았다.

—김요한. 이렇게 우리 셋이서 이수정을 성폭행했어요.

뒤늦은 후회일까, 아니면 갑자기 사라진 최신종 때문일까. 박기호는 눈물까지 글썽이며 최무직 형사에게 십 년 전에 있었던 일을 모조리 털어놓았다.

　-요한이 그 새끼가 이수정에게 꽂혔는데, 이수정은 그런 요한이를 벌레 취급했고, 자존심 상한 요한이가 점심시간에 이수정을 찾아가 강제로 옥상으로 끌고 갔어요.

　-이수정!

　김요한 패거리들이 옥상에 끌려온 이수정의 입을 청테이프로 틀어막으며 구석으로 끌고 갔다.

　-아, 대답 못하지?

　-으읍, 으으으읍.

　이수정은 뒤에서 입을 틀어막고 있는 박기호에게서 벗어나려고 발버둥을 쳤다. 그러자 최신종이 주먹으로 반항하는 이수정의 배를 때렸다. 이수정은 치를 떨면서 김요한을 노려보았다.

　-조금 있으면 천국을 맛보게 해 줄 텐데 노려보넌 안 돼지.

　천국이라는 말이 끝나기 무섭게 이수정의 반항이 더욱 심해졌다. 결코 이대로 당할 수는 없다는 처절한 몸부림이었다.

　-김하융, 저년 반항 못 하게 꽉 붙잡고 있어.

　그러나 김요한의 명령에도 김하융은 움직이지 않았다.

　-김하융, 내 말 잘 들어야지. 아프신 너희 어머니 소원이 네가 고등학교는 졸업하는 거라지, 아마? 그런데 네가 내 말을 안 들으면 우리 아버지가 널 퇴학시킬지도 몰라.

　퇴학이라는 단어에 김하융이 이를 갈았다.

　-개새끼.

　결국 김하웅은 김요한이 시키는 대로 이수정을 힘으로 제압했다. 그리고 김요한과 패거리들의 더러운 음담패설과 끔찍한 행동들이 시작되었다.

　ㅡ이수정, 기가 막히게 아름다운 이 시간을 기록으로 남겨야겠지. 만약의 사태를 대비해서 우리도 철저히 준비해야 해. 네가 어디 가서 우리한테 당했다고 떠들고 다니면 곤란하거든. 그러니 촬영에도 잘 협조해 주길 바래.

　촬영 협조, 지금 이 상황에서 이게 가당키나 한 말인가. 그 끝을 도저히 알 수 없는 쓰레기 김요한의 말에 최신종이 어디선가 카메라를 들고 나타났다.

　ㅡ자, 그럼 시작해 볼까?

　김요한이 비열하고 더러운 웃음을 지으며 말했다.

　ㅡ학교 옥상에서 그랬다고요?

　최무직 형사는 박기호의 입에서 쏟아져 나온 얘기에 할 말을 잃었다. 집단 성폭행 사건이었다.

　십 년 전 사건 조사서에는 쓰여 있지 않았던 진실이 드디어 밝혀지는 순간이었다. 이수정의 고소장과 박 선생을 통해 대충 짐작은 했었다. 하지만 박기호에게 직접 들으니 더욱 충격적이었다. 최무직 형사는 어디서에서부터 이 사건을 정리해야 할지 답답해졌다.

　권력자가 개입하고 경찰서 윗선들이 사건을 덮으려고 했다는 건 최무직 형사도 알고 있었다.

그 권력자가 바로 김요한의 아버지며 경찰과 검찰 상급 간부들은 김요한의 아버지에게서 뭔가를 얻어먹었을 것이다. 권력을 가진 자가 앞장서서 사건을 은폐했고, 학교 옥상에서 성폭행 당한 힘없고 약한 여자아이는 인생이 송두리째 망가져 사창가에서 몸을 파는 창녀로 전락해 버렸다.

그렇다면 누구의 잘못일까, 학교 옥상에서 여자아이를 성폭행한 김요한, 아니면 그러한 자식이라도 보호하려고 권력을 이용해 사건을 은폐시키고 피해자인 이수정을 오히려 가해자로 만들어 버린 김요한의 아버지일까.

[어쩌면 그건 진실을 파헤칠 용기가 없었던 경찰들의 잘못일 수도 있어.]

당시 담당 형사가 용기를 내서 사건을 제대로 조사하거나 비슷한 시늉이라도 했었다면 이수정의 억울함을 조금은 풀어줄 수도 있었을 것이다. 그러나 아무도 그러지 못했다.

자리를 보존하기에만 급급했던 경찰들이 불이익을 피하기 위해 알면서도 사건을 덮었던 것이다. 덕분에 사건에 관계된 서류는 지난 십 년 간 지하 자료 보관실에서 썩고 있었고, 우연히 그 사건 서류를 본 새로 부임한 상급자가 비공식 재수사를 명령했던 것이다.

만약 그 간부의 명령이 아니었다면 이수정 사건은 영원히 묻혀 버렸을지도 모른다.

－지금 말씀하신 게 모두 사실입니까?

최무직 형사의 물음에 박기호가 고개를 끄덕이며 탁자 위에 놓여 있던 생맥주를 벌컥벌컥 들이켰다.

―모두 사실입니다.

―박기호 씨.

자리에서 일어난 최무직 형사가 뒤춤에서 수갑을 꺼내며 또 박또박 말했다.

―이수정 씨에 대한 성폭행 혐의 및 허위 진술로 체포합니다. 박기호 씨는 묵비권을 행사할 수 있으며, 당신의 모든 발언이 법정에서 불리하게 작용할 수 있습니다. 변호사를 선임할 권리와 변호사를 선임할 경제적 능력이 없을 때에는 국가에서 무료로 국선…….

멍하니 자신을 바라보던 박기호를 향해 미란다 원칙을 설명하던 최무직 형사가 갑자기 말을 멈췄다.

[빌어먹을! 이런 쓰레기 같은 놈도 국선 변호사를 선임할 수 있다니.]

―국선 변호사를 선임해 줄 수도 있습니다.

최무직 형사는 설명을 마치고 박기호에게 수갑을 채웠다.

[이제 십 년 동안 고통 받았을 이수정의 한을 풀어 주는 일만 남았군.]

―오랜만입니다, 아버지.

검은색 코트에 길게 자란 머리카락을 흩날리며 나타난 신천명은 누나의 묘지 앞에 서 있는 아버지를 향해 희미한 웃음을 지었다.

　-제가 어렸을 때 헤어졌으니 이십 년도 넘었나요? 제 기억 속에서는 아버지와 못 만난 게 십 년인데.

　오랜만에 만난 아버지인데 신천명의 얼굴에는 반가움이 아닌 증오의 기색이 역력했다.

　-이십 년 만에 아들을 만났는데 반갑지 않으세요?

　그러나 신천명의 아버지는 그저 고개만 숙이고 있었다.

　-누나가 보고 싶어서 찾아오셨나요? 아직도 누나가 많이 그리우신가 보네요.

　많은 의미를 담고 있는 말에 신천명의 아버지는 주머니에서 담배를 꺼내 입에 물었다. 그리고는 담배 연기를 내뿜으며 많은 감정이 뒤섞인 목소리로 힘겹게 말을 시작했다.

　-네 누나, 친누나 아니었다.

　놀랄만도 할 텐데 신천명은 전혀 놀라는 기색없이 아버지를 똑바로 쳐다보았다.

　-너를 낳다가 죽은 엄마는 네 누나를 데리고 나와 재혼한 사이였다. 너도 알지? 죽은 네 엄마와 누나가 얼마나 닮았는지. 네 엄마, 많이 사랑했다. 그리고 그리웠다. 그래서…….

　-그래서 뭐? 그게 지금 말이 된다고 생각해?

　신천명이 갑자기 소리를 지르며 코트에서 권총을 뽑아 들었다.

　-피가 섞였든 안 섞였든 당신이 키운 딸이야. 빌어먹을, 당신이 키운 딸이라고.

　철컥!

　권총의 안전장치를 해제한 신천명이 아버지에게 권총을 겨누었다.

　―자기가 낳은 자식은 아니라도 먹이고, 입히고, 키웠으면 그 자식도 친자식과 마찬가지야. 거지발싸개 같은 인간도 자기 자식은 안 건드려. 변호사라는 인간이 어떻게 그럴 수 있어? 당신이 배운 법은 그런 거야? 그런 거냐고? 말해 봐. 아버지라는 가면을 쓰고 누나에게 어떻게 했는지 말해 보라고.

　한이 맺힌 목소리로 울부 짖는 신천명의 울음소리가 묘지 전체에 울렸다.

　―미안하다.

　―당신 같은 인간한텐 죽는 것도 과분해. 그렇게 평생을 괴로워하며 살다가 죽어.

　미안하다는 말 한마디에 분노가 풀린 게 아니다. 아버지라는 인간의 얼굴에서 양심의 가책을 떠안고 살아가는 나약하고 비루한 노인을 발견했기 때문이었다.

　―마지막 날까지 죽은 누나 얼굴을 절대 잊어버리지 마!

　신천명은 그 말을 끝으로 묘지를 떠났다. 멀어져 가는 아들의 뒷모습을 힘없이 지켜보던 신천명의 아버지는 최무직 형사를 만났을 때 호신용이라고 말했던 단검을 조심스레 꺼내 목에 갖다 댔다.

　―미안하다. 너에게도 네 누나에게도 정말 미안하다.

　아들의 모습이 묘지에서 완전히 사라지자 신천명의 아버지가 목에 가져간 칼에 힘을 주었다.

　―이걸로 내 죄를 용서 받을 수 있을까.

목에서 검붉은 피가 쏟아지기 시작했다. 목에서 나온 피가 온몸을 적시고 땅을 적셨다.

-미안하다, 애들아.

-최신종.

김하융은 최신종을 잡아간 조직폭력배들에게 온갖 회유와 협박 그리고 실력 행사를 통해 결국 최신종을 찾아올 수 있었다. 하지만 김하융이 한발 늦었다.

-젠장! 깨라.

김하융은 인천 부두의 한 허름한 창고 안에 있는 드럼통을 발로 차며 부하에게 명령했다. 그러자 해머를 들고 나타난 부하가 시멘트로 가득찬 드럼통을 깨기 시작했다.

창고 전체가 울릴 정도의 쾅쾅 소리와 함께 찢어진 드럼통 사이에서 무언가 삐죽 튀어나왔다. 사람의 팔이었다. 굳어 버린 시멘트로 인해 피부가 회색으로 변해 있었지만 손목에 새겨진 하트 문신을 보니 최신종이 확실했다.

-최신종, 넌 이렇게 죽으면 안 돼!

최신종의 시체를 확인한 김하융이 창고가 떠나가라 소리를 지르며 찢어진 드럼통을 주먹으로 때리고, 발로 차기 시작했다. 어느새 김하융의 손에서 피가 뚝뚝 떨어졌다.

-미안하다, 신천명. 정말 미안하다.

이 일은 신천명을 위한 게 아니라고 스스로 몇 번이나 되새겼던가. 그러나 십 년 전에도 그리고 지금도 김하융의 뜻대로 할 수 있는 게 아무것도 없다는 사실에 분노가 치밀었다. 십 년 전에도 김하융은 신천명에게 미안하다고 말했었다.

옥상의 조그만 유리창 너머로 한 남자아이가 보였다.
성폭행당하는 여자아이를 보며 울고 있는 남자아이.
계단에서 이수정 사진을 뺏기지 않으려고 했던 바로 그 아이였다.
순간 이런 생각이 들었다.
만약 내가 사랑하는 사람이, 성폭행에 대해 어떤 죄의식도 없는 우리 같은 놈들에게 똑같이 당한다면 어떤 기분이 들까? 라고 말이다.

김요한과 패거리들이 옥상에서 사라진 뒤, 김하융은 이수정의 몸에 교복을 덮어 주고 옥상 문을 나섰다. 그런데 옥상 문 뒤쪽 계단 끝 그곳에, 남자아이가 있었다.
—왜…….
계단 구석에 쪼그리고 앉아 울고 있던 남자아이가 김하융에게 물었다.
—왜 하필 수정인가요?
순간 김하융은 머릿속이 아득해지며 온몸에 소름이 돋았다. 김하융이 흔들리는 눈빛을 숨기려 얼굴을 돌린채 남자아이에게 물었다.
—네가 남자 친구냐?

─…….

─미안하다.

미안하다는 말을 남기고 김하용은 도망치듯 계단 아래로 내려섰다. 하지만 더 이상 움직일 수 없었다. 남자아이가 자리에서 일어나 이렇게 말했기 때문이다.

─저, 수정이 남자친구 아닙니다!

남자아이는 옥상 문 사이로 서럽게 들려오는 이수정의 울음소리에 가슴으로 같이 울었다.

─하지만 이제 사귀자고 말할 거예요.

─뭐, 이제?

─네, 이제!

─제가 사랑하는 여자니까요.

지기에게 다짐이라도 하듯이 그 말을 남긴 남자아이가 옥상문을 열고 안으로 들어갔다. 남자아이의 뒷모습을 보면서 김하용은 뭐라 말할 수 없는 초라함을 느꼈다. 마음만 먹으면 이수정을 구해 줄 수도 있었는데 그렇게 하지 못한 나약함이 추잡하고 더럽게 느껴졌다.

그때 옥상에서 울었던 그 남자아이가 바로 신천명이었다.

이수정을 보호하기 위해 누구보다 노력했던 신천명을 김하용은 똑똑히 기억하고 있다.

한 여자를 위해 모든 것을 희생한 남자. 그 여자를 지키기 위해 옥상에서 뛰어내린 남자. 그렇게 목숨을 버리면서까지 한 여자를 사랑한 남자가 신천명이었다.

그러나 결과는 누구도 예상하지 못한 방향으로 흘렀지만 그 과정을 지켜보면서 김하융은 많은 것을 느꼈다.

어쩌면 어머니를 위해 학교를 계속 다녀야 한다고 스스로를 위로하며 변명했던 건 김요한의 권력과 힘에 대항할 마음이 없었기 때문인지 모른다. 그래서 김하융은 당당한 신천명의 모습이 부러웠다.

그리고 병원에서 어머니가 돌아가시던 그날, 김하융은 머리에 피를 흘린 채 들것에 실려 들어오는 신천명의 모습을 보았다. 신천명의 눈가에서 하염없이 흐르는 눈물도.

[천명아, 그때 난 보았다. 나의 어긋난 선택으로 모든 것이 부서진 그리고 인생이 찢겨진 자의 눈물을. 그리고 내가 최종적으로 선택해야 할 게 무언지도 알았다.]

-신천명, 내가 해결해 줄게. 어차피 나는 지옥에 갈 테니까.

-안녕하십니까? 김요한 씨.

동료 형사를 대동하고 막무가내로 부이사장실에 들어온 최무직 형사는 김요한을 향해 손을 흔들었다.

-김요한 씨가 경찰서에 오지는 않을 것 같아서 제가 이렇게 직접 찾아왔습니다.

불시에 형사들의 방문을 받은 김요한의 얼굴에 당황한 기색이 역력했다.

-지금은 그냥 인사만 하지만, 조만간 다시 볼일이 있을 겁니

다. 어디 출장 가실 일은 없죠? 혹시 출장 갈 일이 있더라고 다른 사람 보내고 한국에 그냥 계세요.

어디로 도망가지 말고 얌전히 처박혀 있으라는 뜻이 담긴 최무직 형사의 말에 김요한이 불쾌한 표정을 가까스로 누르며 대꾸했다.

-그래요? 무슨 일인지 모르겠지만 사무실에 있을 테니 볼일이 생기면 그때 찾아오시지요. 참, 다음번에는 제 변호사에게 먼저 연락하시고 찾아오세요. 이런 식은 아주 불쾌합니다.

-저도 그러고 싶지만 제가 변호사들과는 별로 친하지 않아서요.

최무직 형사와 김요한의 신경전에 영문도 모르고 최무직을 따라온 형사가 어리둥절한 표정을 지었다.

-아, 소식 하나 알려 드릴까요? 지금 박기호 씨가 저희 경찰서에 계십니다.

-박기호?

김요한이 눈에 보일 정도로 놀라는 모습을 보였다.

-잘 아시죠? 십 년 전에 학교 옥상에서 같이 화끈하게 놀았던 친구 분 말입니다.

-조금 압니다.

-그분이 아주 재미있는 말을 해 주셨습니다. 어떻게 된 일인지 마음이 변해 이수정 씨에 대해 그동안 우리가 몰랐던 새로운 사실을 많이 알려 주셨어요. 조만간 김요한 씨가 박기호 씨를 만날 일이 있을 것 같네요.

-그런가요? 하지만 전 그 친구와 별로 친하지 않아서 드릴

말씀이 없는데요.

－걱정 마십시오. 조만간 최신종씨도 같이 대면시켜 드릴 테니까요. 그때쯤이면 김요한 씨도 하시고 싶은 말이 생기겠죠. 그런데 최신종 씨가 갑자기 사라졌는데 혹시 어디에 있는지 아십니까?

그러자 이제까지 흥분을 자제하고 유들유들하게 굴던 김요한의 얼굴이 굳어졌다.

－그걸 왜 저한테 묻는지 모르겠군요.

－뭐, 그냥 아시나 해서요. 한때는 친한 친구였잖습니까. 아무튼 다음에 뵙겠습니다.

정중히 인사를 마치고 사무실을 나서려던 최무직 형사가 김요한을 돌아보며 물었다.

－그런데 신천명 씨도 사라졌더군요. 완전하게 회복된 게 아닐 텐데 어디로 갔는지 걱정스럽네요.

－그 자식, 아니 신천명이 사라진 게 저랑 무슨 상관입니까?

욕설을 내뱉으려던 김요한이 서둘러 말을 정리하자 최무직 형사가 어깨를 으쓱였다.

－신천명 씨도 그 사건과 관계가 있는 사람이니 궁금하실 것 같아서요. 뭘 그리 유난스럽게 반응하실까?

최무직 형사가 나가자마자 김요한은 서둘러 변호사에게 연락을 취했다. 경찰서에 잡혀 있는 박기호를 하루라도 빨리 빼내라고 변호사를 윽박질렀지만 변호사에게서 돌아온 대답은 먼저 무슨 일인지 알아보겠다는 거였다.

-씨발, 알아볼 것 없이 경찰서에서 나오게 만들라고, 알겠어? 비싼 수임료 받아 처먹으면 이 정도는 해야 할 거 아냐!

어느새 김요한은 십 년 전 쓰레기 같은 짓거리를 하고 다니던 때와 다름없는 모습으로 돌아가 있었다.

-무조건 빼내. 알겠어? 이깟 일도 처리하지 못하면 변호사 그만둘 각오해.

전화를 끊은 김요한은 사무실을 뛰쳐나갔다.

-형님, 형님이 말씀하신 인간이 방금 나왔습니다.

부하의 보고를 받은 김하융이 자동차 밖으로 나왔다.

그러고는 급하게 뛰어나오는 김요한에게 환하게 웃는 얼굴로 다가갔다.

-어이, 김요한!

김요한은 잠시 당황하더니, 이내 의미 있는 웃음을 지었다. 방금 전까지 최신종의 처리를 부탁했던 조직폭력배에게 연락이 닿지 않자 조바심을 내던 참이었다.

-어, 김하융. 마침 잘 만났다.

-그래? 그럼 우리 어디 가서 얘기라도 좀 할까?

-그러자. 우선 사람 없는 데로 가자. 너한테 할 얘기가 있어.

김요한의 말에 김하융은 차분하게 웃으며 고개를 끄덕였다.

-그래, 가자. 사람 없는 곳으로.

김요한이 김하융을 따라 공사가 중단된 건물 안으로 들어섰다.

그리고 그곳에 신천명이 있었다.

-신 천 명?

-잘 지냈어요. 요한 선배?

김요한이 놀란 눈으로 김하융을 돌아보았다.

-김하융, 어떻게?

-김요한, 지금 네 눈앞에 보이는 게 진실이다.

-뭐?

-이제 그만 끝내자. 십 년 전 일도, 네 죄도.

김하융이 주머니에서 권총을 꺼냈다.

-조용히 끝내자. 그리고 걱정 마라. 나도 곧 뒤따라갈 테니.

-너, 미쳤어? 김하융, 내가 누군지 알고.

아직 상황 파악이 안 된 김요한이 소리를 질렀다.

그때 한쪽에 조용히 서 있던 신천명이 웃으며 입을 열었다.

-잘 알죠, 김요한 선배. 대한민국 최대 규모의 사회 재단 부이사장님.

김요한을 보는 신천명의 얼굴에서 초연함이 느껴졌다.

김요한이 마른침을 삼키며 주춤거렸다. 도망갈 곳을 찾아 두리번거렸지만 지금 김요한이 있는 곳은 건물의 6층으로 입구에는 김하융과 그의 부하들이 버티고 서 있었다.

유일한 출구라고는 건축이 중단되어 넓게 뚫려 있는 베란다에서 뛰어내리는 것 뿐이다. 그러나 그것은 곧 죽음을 의미했다. 순간적으로 그 모습을 떠올린 김요한이 몸서리치자 신천명이 말을 이었다.

-그리고 이수정을 망가뜨린 주범.

말이 끝나기가 무섭게 김하융이 주먹으로 김요한의 복부를 가격했다.

-컥!

김요한이 비명을 지르며 바닥에 주저앉았다. 김하융이 그런 김요한의 목덜미를 움켜쥐었고 꿇어앉혔다.

그 다음 순간, 뭐라 할 사이도 없이 신천명의 권총이 김요한의 입에 박혔다. 갑작스럽게 공격적인 행동을 취하는 신천명을 김하융이 놀라서 쳐다보았다.

-으읍, 으으으읍.

-무서워?

-으으으읍.

김요한은 거세게 고개를 끄덕였다.

신천명이 방아쇠에 천천히 손가락을 걸었다.

-수정이도 지금 너처럼 무척 무서웠을 거야. 너와 네 패거리들한테 학교 옥상에서 당할 때 말이야.

-으으읍.

금방이라도 죽을 수 있다는 두려움 때문이었을까. 김요한이 눈물과 콧물로 뒤범벅된 얼굴로 신천명에게 애원하는 눈빛을 보내며 벌벌 떨었다. 얼마나 세게 떠는지 얼핏 춤을 추는 것처럼 보일 정도였다.

-말해 봐, 지금 네 기분을.

하지만 김요한은 말을 할 수가 없었다.

입속 가득 권총이 들어와 있어 입을 움직일 수도 없었지만, 지금 어떤 말을 해야 신천명에게서 벗어날 수 있는지 아무것도 생각나지 않았다.

―네가 지금 느끼는 고통과 두려움이 세상을 향해서 도와달라는 말 한마디 못하고 당하기만 했던 수정이가 평생을 짊어지고 살아온 고통이다.

말을 끝낸 신천명이 김요한의 입에서 권총을 뺐다. 권총이 빠져나가자 김요한이 구역질을 하며 위장에 있던 음식물을 모두 게워 냈다. 그리고는 신천명의 다리에 매달렸다.

―제발, 제발 살려 줘!

―제발? 그때 옥상에서도 수정이가 제발 하지 말라고 부탁하지 않았었나? 그때 네가 뭐라고 했더라? 아, 맞다 이렇게 말했지.

신천명은 김요한을 향해 씩 웃고는 다시 말을 이었다.

―닥치고 다리나 벌려. 씨발년아.

―살려줘, 천명아. 천명아 제발. 그때는 내가 철이 없어서…….

막대한 권력을 가졌어도 권총 앞에서는 소용이 없는 걸까. 김요한이 신천명의 구두라도 핥을 것처럼 고개를 수그리고 매달렸다. 그런 김요한을 보며 신천명은 그저 웃으며 고개를 흔들 뿐이었다.

―철이 없다뇨, 선배. 그때는 그냥 세상 무서울 게 없었던 때였죠.

―그래, 다 맞다. 네 말이 다 맞아. 그러니 제발 살려 줘.

-선배!

애원하는 김요한의 말을 자르며 신천명이 손가락으로 김요한의 이마를 톡톡 건드렸다.

-그냥 이마에 구멍 하나 뚫리세요. 그러면 모든 게 편해집니다.

신천명의 말에 뭐라고 변명을 하려던 김요한이 신천명의 얼굴에서 웃음기가 사라지는 것을 보고 숨을 죽였다.

[저 자식, 날 죽이려고 작정했어.]

-선배가 수정이를 걸레로 대했던 것처럼 쓰레기 같이 비루하게 죽어요. 그러면 됩니다. 그러나…….

신천명은 주머니에서 사진 한 장을 꺼내 김요한에게 던졌다.

-전 선택할 기회를 드리죠. 선배가 죽겠습니까, 아니면 아내와 딸이 망가지는 걸 택하겠습니까?

-너, 그게 무슨…….

-지금 선배 아내와 딸이 어디 있는지 알고 있나요?

-설마 너, 너 이 자식 설마?

-결정하세요. 선배가 죽을지, 아니면 아내와 딸이 걸레가 되도록 망가지는 걸 지켜볼지.

-맙소사, 내 딸은 태어난 지 얼마 안 됐어. 이 자식아!

그러나 신천명의 표정에는 전혀 변화가 없었다. 그저 TV에서 틀어주는 영화를 보듯 감정 없이 쳐다볼 뿐이었다.

-내가 가만 있을 것 같아? 내 가족을 건드리면 내가, 아니 우리 아버지가…….

김요한이 신천명에게 달려들려고 하자, 김하융이 얼른 막아

서며 쓰러뜨리고는 발로 머리를 짓밟았다.

　-가만히 있지 않으면 어쩔건데?

　신천명이 대수롭지 않다는 듯 김요한에게 다시 권총을 겨누며 물었다.

　-어쩔거냐고, 김요한

　김요한이 머뭇거리자 김하율이 나섰다.

　-그러니까 결정해. 김요한. 네가 죽을지 가족을 포기할지.

　-……차라리 날 죽여라.

　가족을 지키고 자신의 생명을 내놓겠다고 김요한이 말했다.

　-날, 죽이고 끝내라. 신천명.

　-오, 가족을 위해 자신의 목숨을 버릴 작정을 하다니 대단한 사랑인걸. 김요한이 이런 사람인 줄 몰랐는걸.

　신천명이 놀리는 투로 김요한을 자극했다. 하지만 가족 얘기가 나오는 순간 살려는 마음을 포기한 김요한이 애써 담담하게 말했다.

　-내 아내와 딸은 건드리지 마라. 그래도……, 내 가족이니까.

　-그래? 그렇게 자신의 가족이 소중하다 이건가?

　-씨발, 내가 아무리 개새끼여도 내 가족은 소중해.

　-수정이도 누군가의 가족이고 소중한 딸이었어.

　-…….

　-수정이도 누군가의 소중한 아내가 될 수 있었지.

　-…….

　-네 가족만 소중한 게 아냐, 김요한. 넌 그걸 알았어야 했어.

-몰랐어. 그때는 생각지도 않았고 다 몰랐다. 그러니 날 죽이고 여기서 끝내. 날 죽이고 싶잖아. 신천명.

-아니, 그건 안 되지!

갑자기 신천명이 기괴한 웃음을 지으며 말했다.

-뭐?

뜻밖의 대답에 놀란 김요한과 김하융이 동시에 신천명을 쳐다보았다.

-넌 아직 죽으면 안 돼! 김요한.

-천명아, 그게 무슨 말이야?

김하융이 기가 막히다는 얼굴로 신천명을 향해 물었다.

-김요한, 평생을 두려움 속에서 긴장하며 살아 봐. 외국으로 도망가도 내가 끝까지 쫓아갈 테니까. 너의 아버지를 통해 날 죽이려 해도 쉽지 않을 거야. 십 년 간의 수면으로 난 주민등록증도 없거든.

-설마, 너! 네가 말한 게임이 이거였냐?

김하융이 당황스러운 얼굴로 묻자, 신천명이 대답 대신 웃었다. 그러나 그 웃음 뒤에는 사냥감을 노리는 날카로움이 있었다.

-평생을 두려움과 고통 속에서 살아가는 김요한을 지켜보는 것. 어때, 지금 죽이는 것보다 더 재미있지 않겠어?

-그건 네가 아직 세상을 몰라서 그런 거야. 이 자리에서 김요한을 죽이지 않으면 우리가 당해.

-당하면 그것도 내 운명이야. 그러니 이쯤에서 형은 빠져.

-아니! 그럴 수 없어. 여기에서 김요한을 죽이고 내가 다 책

임질게. 최신종도 죽었다. 남은 건 박기호 하나인데, 박기호도 내가 깨끗하게 처리하면 돼.

　-왜?

　자신이 모두를 죽이겠다는 김하융을 향해 신천명이 왜, 라고 되물었다.

　-왜라니? 수정이와 네가 당한 고통을 잊었어?

　-난 처음부터 죽일 계획이 아니었어. 권총은 김요한을 끌어들이기 위한 미끼였을 뿐이야. 지금은 김요한을 살려서 보내는 게 정답이야.

　말을 하는 신천명의 얼굴에서 슬픔이 엿보였다. 김하융은 신천명의 슬픔을 애써 무시했다. 십 년 전 옥상 계단에 쭈그리고 앉아 울던 그때처럼 슬픔과 한을 담은 표정이었다.

　-하지만 잘 기억해 둬라, 김요한. 널 살려서 보내는 건 너를 용서한 것도 세상을 용서한 것도 아니라는 걸.

　-그럼 왜, 왜 날 살려두는 거냐? 신천명, 네가 원하는 게 도대체 뭐야?!

　김요한이 악을 쓰며 물었다. 그런 김요한을 향해 신천명이 천천히 어깨를 들어 올렸다 내렸다.

　-내가 정말 원하는 거? 원하는 게 아니라 궁금한 거야. 똥물도 정화가 된다고 누가 그러더군. 그래서 너처럼 더럽고 악취가 나는 인간도 혹시 정화가 되지 않을까, 하는 궁금증이 생겼어. 얼마의 시간이 흘러야 네가 정화가 될까, 하고 말이야.

　김요한은 대꾸할 말이 생각나지 않았다.

-그러니 계속 살아. 이게 내가 원하는 거야. 다만 한 가지만 명심해. 내가 네 아내와 딸을 평생동안 즐기며 지켜보고 있을 거라는걸.

순간 김요한은 소리를 지르지도
욕을 할 수도, 울부짖지도 못할 거대한 압박감을 느꼈다.
무언가, 무언가가 밀려온다.
숨통을 조이는 무언가가 김요한의 가슴속으로 밀려오고 있다.

-그게 하고 싶었던 얘기라고?
자동차로 돌아온 김하융이 신천명의 말을 떠올리며 좌석을 손으로 내리쳤다.
-그딴 소설 같은 상황으로 해결되는 세상이 아니다. 신천명.
결국 이 모든 걸 끝내야 할 사람은 김하융 자신이었다.
-먼저 돌아가, 난 볼일이 아직 남았다.
차를 세우라고 명령한 김하융이 문을 열고 내렸다. 굳은 얼굴과 경직된 동작, 무언가를 결심한 얼굴로 어딘가로 급하게 사라지는 김하융이었다. 그런 김하융을 부하가 걱정스럽게 쳐다보고 있었다.

한 남자가 몸을 심하게 비틀거리며 더러운 몰골로 거리를 걷고 있다. 여기저기 찢겨진 옷과 얼굴에서 흘러내리는 피를 닦지도 않고 어딘가를 향해 걸어갔다. 남자는 계속해서 알아들을 수 없는 말을 웅얼거렸다.

-씨발……, 내가…… 그렇게 쉽게 당할 것 같아.

피 묻은 손으로 주머니에서 사진을 꺼내는 남자는 바로 김요한이었다. 김요한의 머릿속에 신천명이 차가운 웃음을 지으며 덧붙이던 마지막 말이 메아리쳤다.

[가면 갈수록 청소년 성범죄가 급증한다고 하더라. 그러니 너도 진심으로 기도해라. 네 딸이 먼 훗날 너와 같은 놈을 만나지 않기를. 수정이와 같은 일을 당하지 않기를. 내가 꼭 지켜보고 있을 테니까.]

김요한은 떨리는 손으로 사진 속 아내와 딸의 얼굴을 들여다보았다. 딸을 안고 행복하게 웃고 있는 아내와 그런 아내와 딸을 흐뭇하게 바라보고 있는 김요한의 사진이었다. 그런 그의 얼굴에서 쉴새없이 눈물이 흘러내렸다.

-내가 도대체 무슨 짓을 하고 살았던 거지. 도대체…….

김요한은 뒤늦게 과거를 후회했다. 하지만 후회해도 돌이킬 수 있는 것은 이미 아무 것도 없었다.

그리고 그런 김요한의 뒤를 조용히 따라가는 남자 김하융이 있었다.

-김요한!

김하융은 김요한을 살려서 돌려보낼 생각이 없었다.

김하융이 작게 중얼거리며 권총을 뽑아 들었다.

무심코 김하융의 행동을 보던 한 여자가 권총을 보고 소리를 지르자, 주변을 지나던 사람들도 놀라서 비명을 지르며 흩어졌다. 갑작스러운 혼란에 김요한이 피투성이 얼굴로 뒤를 돌아보았다.

　-정리하자. 이제 끝내는 거야.

　김요한은 보았다. 번쩍이는 권총과 함께 자신과의 거리를 점점 좁혀오는 김하융의 얼굴을!

7장 소년과 소녀 다시 만나다, 그러나

아무리
더러운 때가 스며들었다 해도
반드시
깨끗하게 만드는 방법이 존재해.
그런데 너희들은
단지 더럽다는 이유로
단지 불결하다는 이유로
닦아 줄 의지도 없으면서
그것을 차가운 바닥에 내던진 채
이렇게 불러
걸레라고!

─어서 오세요.

신천명이 이수정이 일하는 사창가에 모습을 나타냈다.

─지명 있으세요?

나이 많은 창녀가 느끼하게 웃으며 말을 걸어왔다. 신천명은 손가락을 들어 창밖을 보고 있는 이수정을 가리켰다.

─저 여자.

─아이고, 손님 여자 보는 눈이 있으시네. 쟤가 잘하는 건 어찌 아시고, 호호. 긴 밤? 아니면 짧게?

가격을 묻는 말에 신천명이 대답했다.

─아무거나.

건물 안쪽의 작은 골방에 들어간 신천명이 침대 하나와 작은 화장대가 전부인 방 안을 찬찬히 둘러보았다. 곰팡이 냄새를 없애려고 했는지 싸구려 방향제 냄새가 진동했다.

이 방에 여자가 거주하고 있다는 것을 증명이라도 하듯 벽에 걸려 있는 십자수와 인형이 신천명을 환영해 주었다.

붉은 전등 불빛 아래로 고개를 숙이고 있는 이수정을 바라보며 신천명은 무슨 말부터 해야 할지 고민하고 또 고민했다. 그러한 신천명의 고민을 아는지 이수정이 먼저 입을 열었다.

─바지 먼저 벗으세요.

다분히 직업적인 말투로 물수건을 들고 바지를 벗으라고 말하는 이수정을 보며 신천명은 얼굴의 반을 가리고 있는 머리카락을 뒤로 쓸어 넘겼다.

뭐라고 말을 하고 싶었다. 신천명의 심장이 무슨 말이라도 하라고 계속 닦달했지만 신천명의 입은 쉽게 떨어지지 않았다.

　-벗기 싫으시면 입이라도 헹구세요.

　또다시 감정 없는 목소리로 말하는 이수정이었다. 신천명은 천천히 손을 내밀었다. 그리고 이수정의 얼굴을 조심스럽게 쓰다듬었다. 신천명의 손이 닿자 이수정이 움찔거리며 뒤로 한걸음 물러섰다.

　-얼굴은 만지지 마세요.

　쌀쌀한 말투로 고개를 외로 돌리는 이수정에게 신천명은 자신을 모르냐고 묻고 싶었다.

　-그게 아니라.

　가슴이 터질 듯 쿵쾅거렸다. 뭐라고 말을 해야 했지만 하고 싶은 말이 머릿속에서 죄다 엉킨 듯 복잡했다. 수많은 단어들이 떠오르는데도 말이 입 밖으로 되어 나오지는 않았다.

　-타임은 어떻게 하실래요?

　이수정의 목소리에 정신을 차린 신천명이 얼른 지갑을 꺼냈다.

　-혹시?

　그제야 고개를 들고 자신을 쳐다보는 이수정을 향해 신천명이 어색한 웃음을 지으며 말을 이었다.

　-영원한 건 없습니까?

　영원이라는 단어의 의미 때문일까. 영원한 것은 없냐고 묻는 것과 동시에 신천명의 눈가에 눈물이 맺혔다.

　하지만 신천명의 질문에 이수정이 말간 웃음을 지으며 고개를 저었다.

-귀엽네요.

신천명을 귀엽다고 말한 이수정이 입고 있던 옷을 벗으며 신천명의 품에 안겼다.

-영원한 건 없어요. 혹시 있다면 그건 비쌀 거예요. 아주 많이요.

신천명의 품에 안긴 이수정의 어깨가 조금씩 들썩였다.

소리 없는 흐느낌이었다. 이제야 손님으로 등장한 남자의 정체를 안 걸까. 아니면 사창가를 들어설 때부터 이미 알고 있었던 걸까.

-올 줄 알았어. 언젠가 잠에서 깨어나면 한번쯤은 나를 찾아올 거라고 생각했어.

신천명의 방문을 예상이라도 한 듯한 이수정의 슬픈 목소리에 신천명이 고개를 끄덕였다.

-미안해.

-네가 오면, 꼭 묻고 싶은 게 있었어.

이수정이 갑자기 신천명을 밀쳐냈다.

-미안해, 수정아.

이수정이 무엇을 묻고 싶을지 짐작한 신천명의 눈에서 기어코 눈물이 떨어졌다. 그런 신천명의 가슴을 이수정이 작고 가냘픈 주먹으로 때렸다.

-그때 왜 나만 혼자 남겨둔 채 떠나려고 했니? 왜 그랬어?

-미안해……

─미안해? 그런 말 듣고 싶지 않아. 그때 왜 그랬냐고?

이수정이 두 손으로 신천명의 목을 조르며 소리쳤다.

─다 너 때문이야. 처음부터 너만 없었으면 모든 게 조용히 끝날 수 있었어. 내 가족도 날 버리지 않았을 거야. 그런데 무슨 염치로 내 앞에 나타난 거야?

─미안해, 정말 미안해.

충격을 받았는지 신천명이 이수정을 말리지 않았다.

─너만 없었어도 내가 이렇게 되지는 않았어! 너만 없었으면 그 쓰레기 새끼들 냄비 노릇 몇 번 해 주면 다 끝날 일이었어. 그런데 왜 끼어들었어? 나만 두고 옥상에서 뛰어내릴 거였으면서 왜 끼어들었냐고?

─수정아, 그날……. 낙태까지 한 널 김요한과 패거리들이 성폭행 하는 것을 더 이상 두고 볼 수 없었어. 김요한을 죽이고 나도 죽으려고 한 거야. 널 지켜 주고 싶었어. 널 꼭 지켜 주고 싶었어.

─그래? 그럼 지금 내 꼴을 봐. 이게 네가 지켜 주고 싶었다던 이수정의 현재야. 네가 무책임하게 했던 행동이 어떤 결과를 낳았는지 잘 보라고.

이수정이 팔을 활짝 벌려 신천명에게 자신의 몸을 적나라하게 보여 주었다. 몸에 난 수많은 상처들, 그리고 가슴과 허리 곳곳에 흉터로 남은 담배 자국들이 보였다.

어떤 삶을 살아왔는지 충분히 설명될 만큼 이수정의 몸은 엉망으로 변해 있었다.

─어때, 완벽한 걸레를 보는 기분이? 네 누나? 네 아빠? 그리고 지금의 나 중 누가 더 걸레 같은지 말이야. 말해 보라고, 신천명! 사람들이 손가락질하는 진정한 걸레를 본 지금 너의 기분을.

─수정아.

신천명은 무릎을 꿇었다.

─내가 잘못했다. 너를 두고 그러는 게 아니었어.

─꺼져! 그리고 더 이상 나를 찾아오지 마…….

이수정이 손을 들어 문을 가리켰다.

─네가 사는 세상으로 가. 이제 너와 나는 사는 세상이 틀려.

매몰차게 말하며 등을 돌린 이수정이 침대로 향했다. 신천명이 자리에서 일어나 천천히 문 쪽으로 걸어갔다.

─수정아, 정말 미안하다. 지금은 그냥 갈게. 하지만 나는 다시 찾아올 기야.

그러나 이수정은 등을 돌린 채 아무 말도 하지 않았나.

─천명아.

신천명이 나간 뒤 자리에서 일어난 이수정이 방 안의 공기를 있는 힘껏 들이켰다. 방금까지 방 안에 존재했던 신천명의 향기를 느끼고 싶어서였다.

─너에게서는 아직도 좋은 냄새가 나는구나. 나한테는 악취가 나는데.

이수정이 슬프면서도 기쁜 얼굴로 중얼거렸다.

─천명아, 보러 와 줘서 고마워. 그리고 이제는 나를 찾지

마…….

이수정이 침대 옆 서랍을 열고 작은 칼 하나를 꺼내 들었다.

지금까지 이수정을 걸레라고 부르며 얼마나 많은 사람들이 괴롭혔던가. 성폭행당하는 사진이 인터넷에 뿌려진 순간 이수정의 편이 되었던 사람은 아무도 없었다. 가족들에게마저 이수정은 단란했던 가정을 망가뜨린 가해자였다.

그렇게 이수정은 병원에 누워 있는 신천명을 원망하고 그리워하면서 그 많은 날을 보냈다.

이제 그토록 그리워하던 신천명을 다시 보았으니 질기고 힘든 삶을 끝낼 수 있을 것 같았다.

드디어 결심을 한 이수정이 자신의 손목으로 칼을 가져갔다. 칼을 쥔 손에 힘이 들어가면서 날카로운 칼끝을 통해 이수정의 피가 조금씩 배어 나오기 시작할 때였다.

-수정아!

갔다고 생각한 신천명이 이수정에게 되돌아왔다. 그것도 자신의 머리에 총구를 겨눈 채.

신천명이 권총을 들고 나타나자 이수정의 몸이 뻣뻣하게 경직되었다.

-멈춰! 그 칼이 네 몸에 상처 하나라도 내면 내 머리통이 먼저 날아갈 거야.

단호한 어조로 협박하는 신천명이었다.

-안 돼. 그러지 마!

이수정이 고함을 지르며 신천명을 말렸다. 신천명은 권총을 내리고 이수정에게 다가가 어깨를 감싸 안았다. 십 년 전 학교 옥상에서 김요한과 패거리들에게 성폭행을 당한 이수정을 감싸 안았을 때처럼 따뜻하게 안아 주었다.

　―수정아, 나랑 결혼하자.

　곧 이수정의 서러운 눈물이 신천명의 어깨를 적셨다.

　―이 바보야, 너는 왜 그때나 지금이나 모든 걸 감싸 안기만 하는 거야? 왜, 왜?

　―사랑하니까. 정작 널 도와줘야 할 때는 방관만 하다 사고나 치는 못난이지만 네가 내 가슴에 너무 깊숙이 박혀서, 아무리 빼내려 해도 빼내지 못하게 깊게 박혀 있어서, 잊지도 못하게 숨통을 조이는 너의 모든 걸 사랑하니까.

　―쓰레기 같은 놈들에게 당하는 나를 지키지 못한 죄책감은 아니고? 이렇게 타락해 버린 여자에 대한 동정심은 아니고?

　이수정이 가슴을 쥐어짜면서 울부짖었다.

　―아니야, 수정아 그런 게 절대 아니야.

　잊고 싶었던 과거의 무언가를
　미칠 듯이 되돌리고 싶게 하는
　때로는 거부할 수 없는 구속이 되기도 하지만
　결코 원망할 수 없는 이것은
　평생 모르고 살았던 무언가를
　한순간에 깨닫게 해 주는 이것은
　축복받지 못한 자들에게

유일한 삶의 기둥이 되는 이것은
결코 동정심이나 죄책감 따위일 리가 없잖아.

　―이건 사 · 랑 · 이 · 야.
　―천명아, 그 말이 정말 듣고 싶었어. 보고 싶었어. 미치도록
네가 그리웠어.
　신천명이 바스러질 듯 야윈 이수정을 힘껏 껴안았다. 서로의
사랑을 확인한 신천명과 이수정의 심장과 심장이 맞닿아 금방
이라도 터질 듯 요동쳤다.
　―이렇게 망가진 내 모습조차 사랑해 줄 네 모습이 보고 싶어
서 어린 마음에 이 길을 선택했어. 이런 네 모습이 미치도록 다
시 보고 싶어서. 이렇게 살고 있으면 네가 예전처럼 웃으며 다
시 돌아올까 봐. 미안해, 어리석은 내가 네 사랑을 믿지 못했어.
　―아니야, 수정아. 보는 게 다 내 탓이야. 그러니 그만해.
　―이제야 네 모습을 보니 나는 사랑 받을 자격이 없다는 걸 깨
달았어. 천명아, 고마워……. 그리고 미안해!
　[타아아앙!]
　한 방의 총소리에 신천명의 몸이 얼어붙었다. 어느새 신천명
의 권총을 뺏어든 이수정이 자신의 배를 쏜 것이다.
　이수정의 등이 활처럼 뒤로 휘어졌다. 배에서 엄청난 피가 흐
르고 있었지만 이수정은 웃는 얼굴로 신천명을 바라보았다.
　―수정아, 수정아!
　이수정의 배에서 흐르는 피를 손으로 막으며 신천명이 비명

처럼 이수정의 이름을 외쳤다. 신천명의 품에 안긴 이수정이 울고 있는 신천명을 보며 고개를 저었다.

─돌이킬 수 없는 건, 정말 돌이킬 수 없는 건가 봐. 그때 내 사진이 뿌려졌을 때 산산이 부서진 거야. 살아야 하는 이유도, 삶의 마지막 희망도…….

점점 작아지는 이수정의 목소리에 신천명은 옥상에서 떨어질 때와 같은 전신을 쥐어 짜는 통증을 느꼈다.

─그거 알아, 천명아? 걸레는 빨아도 걸레야.

죽어간다. 죽어간다. 이수정이 죽어간다.

그런데도 막지 못하는 자신을 신천명은 저주했다. 이수정을 껴안고 자리에서 일어나려 했지만 피로 가득한 손에 들린 이수정의 몸이 자꾸만 힘없이 미끄러졌다.

─사랑해 줘서 고마……웠어.

─안 돼, 수정아! 이러면 안 돼. 제발.

신천명이 오열했다. 하지만 숨이 끊긴 이수정은 어떠한 대답도 하지 않았다.

─이러면 약속을 못 지키잖아. 널 지켜 주겠다는 내 약속을 지킬 수가 없잖아.

평생 지켜 주겠다던 약속, 평생 사랑해 주겠다던 약속을 지킬 상대가 이제 없어져 버렸다.

─으아아악!

─도대체 무슨 일이 벌어지고 있는 거야?

복잡한 도심 한복판에서 들린 몇 발의 총성, 그리고 그 중심에 김요한이 있었다는 긴급한 무전에 최무직 형사는 정신이 없었다.

이수정은 누군가의 방문을 받은 뒤 권총으로 자살했다고 한다. 최신종은 실종 상태고, 구치소에 갇혀 있는 박기호는 변호사와 만난 뒤 침묵으로 일관하고 있다.

이수정과 같이 있던 여자들의 증언에 따르면 이수정을 찾아왔던 사람은 신천명이 확실했다. 그러나 이수정이 죽은 뒤 도망치듯 자리를 떠난 신천명이 어디로 사라졌는지 아직까지 확인이 되지 않았다.

수배를 내리려 해도 무슨 혐의를 적용해야 할지 난감했고 신천명은 최근에 찍은 사진도 없었다. 주민 등록증을 만들기 전에 식물인간이 된 신천명이다. 지문도 없고 아무것도 없다.

최무직 형사는 이 사건을 어떻게 정리해야 할지 갈피를 못 잡았다. 이 사건과 연관되어 죽은 사람이 너무나 많았다.

─젠장! 다른 게 걸레가 아니라 이 세상이 걸레야. 걸레.

최무직 형사는 답답한 마음에 담배를 입에 문 채 신경질적으로 키보드만 두드렸다. 그러고는 이수정이 십 년 전 작성한 고소장에 천천히 도장을 찍었다.

혐의 없음으로 검찰에 송치.
[사유 ─ 고소인의 갑작스러운 사망]

8장 신천명의 이야기

이렇게 찢어지는 아픔인 줄 몰랐습니다.
다 남의 이야기인 줄 알았습니다.
그런 이야기를 들으면 화가 나기는 했지만
인터넷에서 욕 몇 마디 하는 게 전부였습니다.
하지만 제가 사랑하는 사람에게
그런 일이 벌어지고 나니
제 가슴이 이렇게 아플 줄 몰랐습니다.
이 정도인 줄은 몰랐습니다.
지금까지 이곳에서 이 년 동안 들어온 신음 소리
그리고 사회에 드러나지 않고
부정의 그림자 속에 감춰진 사건들.
그 수백 수천 건의 성폭행 사건 속의 제삼자들.
부모, 애인, 친구, 그리고 그들을 사랑했던
수백 수천 명의 아픔이 느껴집니다.
가슴이 찢어집니다.
이런 저의 심정을 이해할 수 있습니까?
자기 손으로 아무것도 할 수 없었던 그들을, 나를
이런 제삼자들을 알고 계십니까?

너, 그것은 알고 저지른 것인가?

-걸레들.

친구들이 누군가를 향해 걸레라고 한다. 그런 친구들을 향해 신천명은 눈에 보이는 것만으로 사람을 판단해서는 안 된다고 말해 주고 싶었다.

남들이 부러워할 만한 좋은 직업을 가진 자상한 아버지가 집 안에서는 폭력을 휘두르는 나쁜 아버지일 수도, 어쩌면 딸을 성폭행하는 극악무도한 아버지일 수도 있기 때문이다.

세상 사람들이 눈으로 보는 것들 가운데 진실이 과연 얼마나 존재할까?

그 사람의 진실과 그 사람의 참된 모습, 즉 타인의 참된 모습을 다 알 수는 없는 법이다. 전지전능한 신과 같은 능력을 가지지 않고서야 어찌 타인의 참된 모습을 알 수 있을까? 지금 눈앞으로 지나가는 여자아이 두 명을 걸레라고 부르는 기준은 무엇이란 말인가.

[열 명의 남자를 사귀고 그 남자들과 자는 것과, 사귀지는 않지만 열 명의 남자와 자는 게 다른 걸까?] 라는 질문에 어떻게 답을 할 수 있을까.

한 남자를 사귀면서 그와 자는 건 사랑이고, 사귀지 않고 이 남자 저 남자와 자는 건 더럽다고 말하는 게 맞는 논리일까? 사랑이 존재하지 않으면 더럽고 사랑이 존재하면 더럽지 않다는 기준은 누가 만든 걸까.

어느 학교마다 존재하는 기괴하면서도 야한 소문의 당사자들

은 자신이 걸레라고 다른 아이들에게 손가락질 받으며 업신여
김을 당하고 있다는 걸 안다.

  —야, 김요한 선배 얘기 들었냐?

  교실에 삼삼오오 몰려 앉아 수다를 떠는 것은 비단 여자아이
들만의 일은 아니다. 남자아이들도 정보 공유를 위해 수다라는
수단을 동원한다.

  그러한 정보 공유를 통한 지식 중 쓸 만한 건 별로 없지만, 때
때로 그 가운데 괜찮은 정보가 걸리기도 했다.

  그리고 지금 친구 한 명이 중요한 정보를 늘어놓기 시작했다.

  —김요한 선배가 얼마 전에 1학년 여자애 하나를 옥상에서 일
진 신고빵 했대.

  —정말?

  김요한이라는 이름과 일진 신고빵이라는 단어에 남자아이들
의 눈이 반짝였다. 그도 그럴 것이 일진 신고빵이라는 말은 학
교에서 일진으로 불리는 여자아이들이 자기 몸을 남자 선배들
에게 상납하여 안정적으로 자신의 기반을 구축하는 것을 뜻하
는 것이기 때문이다.

  물론 아무에게나 상납하는 게 아니라 실질적인 학교의 우두
머리. 즉 남자 일진들에게 상납하는 것으로 이 상납이 한 명으
로만 끝나는 게 아니기에 남자아이들이 눈을 반짝거리며 관심
을 가질 수밖에 없었다.

  포르노에서나 일어나는 일들이 자신이 다니는 학교 옥상에서
벌어졌다면 피 끓는 십 대들에게 그 이상의 재미있는 얘깃거리

가 없을 테니 말이다.

—우아, 이럴 줄 알았으면 어릴 때부터 복싱이나 배울걸. 싸움 잘하면 여자애들이 알아서 몸을 주잖아. 아깝다.

—아서라, 여자애들 몇 명 먹자고 쌈질하고 다니다 옆 학교애들처럼 칼부림 난다.

친구 한 명이 복싱을 배워 두지 못한 걸 한탄하자 다른 친구가 작년에 근처 학교에서 벌어진 칼부림 사건을 상기시켰다.

하지만 그 사건은 학교에서 왕따를 당하던 남자아이가 참고 참다 자신을 왕따시킨 남자아이의 칼로 찌른 것이기에 지금 하고 있는 얘기와 상황이 전혀 달랐다.

—그리고 소문 못 들었냐? 김요한 선배는 싸움 못한대. 작년에 다른 학교 애들이랑 시비 붙었을 때 그쪽 애 한 명한테 엄청 두드려 맞았대.

—나도 그 소문 들었어. 완전 떡이 되게 맞았다며? 그것도 자기보다 어린 후배한테.

—내 말이. 그런 인간이 일진이라고 거드름 피우며 왕처럼 굴고 다니니 솔직히 아니꼽지 뭐.

—그러게. 그런데도 이사장 아들에다 김하융 선배까지 자기 패거리에 넣었으니 어느 누구도 함부로 건드릴 수 없지.

—솔직히 누가 김하융 선배한테 덤비겠냐? 혼자서 열 명과 싸워도 이긴다는데.

—그건 그렇고. 신천명, 너 뭘 자꾸 생각하냐?

뚱한 표정으로 책상에 앉아 창밖만 바라보는 신천명에게 친구 창철이가 물었다. 지난번 옥상 계단에서 같이 담배를 피다 김하윤에게 들켜 도망쳤던 친구였다.

-아니, 그냥 다른 게 걱정돼서.

-다른 거, 뭐? 이 형한테 말해 봐, 다 해결해 줄게.

창철이가 능글맞게 웃으며 말하자 같이 있던 친구들도 호기심 어린 눈빛을 했다. 신천명은 책상 위에 아무렇게나 어질러 있는 공책과 교과서를 가방에 넣으며 누군가를 보았다.

교실 중간 쯤 자리에서 친구와 조용히 얘기를 나누고 있는 여자아이가 보였다.

[이수정.]

수정처럼 맑은 피부에 커다란 눈망울을 가진, 당장이라도 눈물을 쏟아낼 것 같은 커다란 눈이 순수함으로 물든 아이다.

그러나 요 며칠 이수정의 얼굴빛이 좋지 않았다. 그리고 그 이유를 신천명은 자신 때문이라 생각했다. 김요한이 옥상에서 이수정의 사진을 본 뒤로 자꾸 집적거린다는 걸 알았기 때문에. 신천명은 안타까움과 미안함 그리고 걱정이 가득한 눈으로 이수정을 보았다.

마음 같아서는 당장이라도 김요한에게 달려가 이수정을 더 이상 괴롭히지 말라고 하고 싶지만 그럴 용기도 그럴 자격도 신천명에게는 없었다.

남자 친구라면, 아니 최소한 이수정과 친하기라도 하면 용기를 낼 수도 있을 것이다. 하지만 자신은 둘 중 아무것도 아니었다.

[명분이 없어.]

신천명은 어른들이 말하는 명분이란 것을 십 대인 자신이 고민하게 될 줄 몰랐다. 전쟁도 싸움도 정치적 다툼도 언제나 명분을 중시하고 사회의 기득권을 가진 자들이 중시하는 게 명분이다.

그러나 신천명에게 필요한 것은 정치를 위한 명분도 경제적 이익을 위해 필요한 명분도 아니다. 그저 현재 이수정을 둘러싸고 돌아다니는 더러운 소문을 차단할 용기다. 어쩌면 명분이 없다는 건 핑계인지도 모른다. 단지 용기가 없을 따름이다.

김요한에게 사귀자고 했다가 차였다는 소문이 돌고 있는 이수정이지만 신천명은 소문을 절대 믿지 않았다.

이수정이 쓰레기보다 더러운 김요한에게 사귀자고 말했을 리가 없기 때문이다.

−김요한 선배다.

신천명의 귀에 김요한 이름이 들렸다.

그 이름에 자신도 모르게 적대감이 표출되었다.

−미친놈.

신천명이 누구를 향한 것인지, 모를 욕설을 조용히 내뱉었다. 그러고는 교실 문을 열고 들어오는 김요한을 보았다.

−어이, 이수정!

껄렁껄렁한 걸음으로 한껏 거드름을 피우며 이수정을 부르는 김요한에게 신천명은 나가라고 소리치고 싶었다. 하지만 김요한의 뒤를 따라 교실에 나타난 김하융을 본 순간 생각을 접을 수밖에 없었다.

맨주먹으로 여러 명과 싸워도 밀리지 않는다는 김하웅은 소문만이 아니었다. 홀로 깡패 두세 명과 싸움을 벌이는 김하웅을 직접 본 적도 있다. 신천명에게 김하웅은 두려움의 대상이자 적대하고 싶지 않은 상대였다.

-이수정, 잠깐 얘기 좀 할까?

능글맞은 웃음과 목소리의 주인공 김요한. 이수정은 김요한을 무시하며 자리에서 일어나 교실을 빠져나가려고 했다.

-에이, 그럼 안 되지. 나 무시하면 다쳐, 알아?

김요한이 교실을 나가려는 이수정의 팔을 잡고 끌어당겼다. 그러나 누구하나 김요한의 행동을 말리려 하지 않았다. 김하웅만이 고민하는 눈빛으로 김요한과 이수정의 실랑이를 주시했다.

-잠깐이면 돼, 시끄럽게 굴지 마.

김요한은 힘과 협박으로 이수정을 교실 밖으로 끌고 나갔다.

교실을 빠져나가던 김하웅과 신천명의 눈이 마주쳤다. 말없이 몇 초간 신천명을 쳐다보던 김하웅이 김요한을 따라 교실을 나가자 그때까지 숨죽이고 있던 반 아이들이 수근거리기 시작했다.

-김요한 선배와 수정이 소문이 맞나 봐?

-설마, 수정이가 얼마나 당차고 바른 아이인데. 그리고 수정이는 김요한 선배 같은 사람 싫어하잖아.

-혹시 모르지, 얌전한 고양이가 남자 배 위에 먼저 올라탄다잖아.

—지지배, 말도 예쁘게 한다. 정말 그런 걸까?

신천명은 가만히 있을 수가 없었다. 결국 이수정을 강제로 끌고 나간 김요한을 따라 교실을 나갔다. 어디 가냐는 친구의 물음에는 말없이 손가락을 입으로 가져갔다.

—야, 같이 하자.

친구들 사이의 암호. 손가락을 입으로 가져가는 동작은 담배를 피러 간다는 신호였고, 담배가 궁했던 친구들이 너나 할 것 없이 같이 가려고 일어섰다. 하지만 신천명은 못 들은 척 혼자서 교실을 나갔다.

—천명이 저 자식, 요즘 좀 이상하지 않냐?

—수정이 소문 때문인가? 재 작년부터 수정이 짝사랑했잖아.

—수정이는 김요한 선배 좋아하는데 천명이 혼자 삽질하는 거 아닌지 모르겠다.

친구들의 걱정을 아는지 모르는지 교실 밖으로 나온 신천명은 옥상으로 향했다. 옥상으로 향하는 발걸음이 무거웠다.

일 년의 짝사랑, 일 년의 설렘과 행복 그 모든 것이 머지 않아 끝나 버릴 것 같은 두려움이 일었다.

옥상과 가까워질수록 점점 무거워지는 발걸음과 빨라지는 심장 박동이 신천명의 온몸을 휘감아 몰아쳤다.

옥상으로 향하는 계단 끝까지 왔지만 신천명은 차마 앞으로 나설 수가 없었다.

옥상에서 이수정에게 어떤 일이 벌어지고 있을지 몰라 두려웠고, 김요한을 방해한 순간 자신에게 벌어질 일에 대한 공포가 온몸을 빠르게 잠식하고 있었다.

[그렇다고 보고만 있을 수는 없어.]

사랑하는 사람을 잃을 수도 있다는 걱정과 두려움. 빨리 옥상으로 올라가지 않으면 모든 게 다 무너져 버릴 것 같은 불길한 예감이 들었다.

신천명은 젖 먹던 힘까지 짜내어 힘겹게 한 계단씩 올라갔다. 앞으로 자신과 이수정에게 어떠한 일이 닥칠지 모른 채.

이수정은 김요한의 요구를 계속 거부했고, 최대한 김요한을 피해 도망 다녔다. 하지만 학교에서는 마땅히 도망칠 곳이 없었다.

─이수정, 간단해. 그냥 나랑 사귀면 되는 거야.

김요한이 자신에게 무엇을 원하는지 아는 이수정은 입을 꼭 다물고 김요한을 뚫어지게 쏘아보았다.

착해 보이는 얼굴과 훤칠한 이목구비의 김요한이지만 이수정은 김요한의 얼굴 뒤에 존재하는 썩은 정신 상태를 잘 알고 있었다. 그리고 이수정은 그런 김요한이 극도로 싫었다.

엄청난 권력과 돈을 쥐고 있는 학교 이사장 아버지의 후광으로, 싸움 잘하기로 소문난 김하웅을 수하에 두고 거들먹거리는 김요한을 모르는 학생은 없었다.

그런 김요한이 패거리를 시켜 이수정을 에워싼 채 협박하고 있었다.

─이게 내 마지막 배려야. 다음 보기에서 무조건 골라라. 일, 나랑 사귄다. 이, 우리에게 돌림빵 당한다. 참, 헛소리하면 무

조건 두 번째야. 선택해.

이수정은 생각할 것도 없이 거부의 뜻을 밝혔다.

-정신병자에 미친놈.

이수정의 얼굴은 단호했다.

[너 같은 놈과 사귀느니 차라리 죽어 버리겠다.] 라는 뜻이 느껴질 정도로 김요한을 향한 분노가 얼굴에 묻어나 있었다.

김요한의 눈가가 움찔거렸다. 김요한도 느낀 것이다. 이수정이 자신을 얼마나 더러운 쓰레기로 생각하는지를.

-오호, 그래?

얼굴은 웃고 있지만 김요한의 목소리가 약간 떨렸다.

한 번도 여자아이에게 거부당한 적이 없었다. 아니 거부를 당해도 결국은 김요한 자신이 승리했다.

얼마 전에도 마음에 드는 1학년 여자아이를 옥상으로 끌고 와 손봐준 끝에 말을 듣게 만드는 데 성공했었다.

-그럼 재미있는 게임이나 해야겠네.

김요한의 입가에 비릿한 웃음이 흘렀다.

게임이라는 단어에 박기호와 최신종이 들뜬 얼굴이 됨과 동시에 침묵을 고수하던 김하용의 얼굴이 일그러졌다.

그러나 이수정은 게임이 무엇을 뜻하는지 알 수 없었다.

-잡아!

최신종과 박기호가 이수정을 움직이지 못하게 잡았다.

-악, 왜 이래?

갑작스러운 상황에 이수정이 소리를 지르자 박기호가 재빨리

이수정의 입을 손으로 틀어막았다. 그와 동시에 옥상 구석으로
달려간 최신종이 청테이프를 가져와 이수정의 입을 청테이프로
막았다. 그런 다음 능숙한 솜씨로 이수정의 양쪽 손목을 등 뒤
로 돌려 묶었다. 최신종과 박기호가 주인에게 칭찬받고 싶어 하
는 강아지처럼 웃으며 김요한을 바라보았다.

—으읍, 으으읍.

—경고했잖아. 그냥 나랑 사귀면 너도 좋고 나도 좋았을 텐데
네가 실수한 거야.

김요한의 목소리에 이수정을 향한 분노가 가득했다.

—이래서 영화를 많이 봐야 해. 영화에 손과 다리를 묶는 장
면이 많이 나오거든. 그런데 나는 다리는 안 묶을 거야, 왜냐
면…….

손과 입이 청테이프로 묶인 채 박기호의 품에서 버둥거리는
이수정에게 다가간 김요한이 거칠게 이수정의 교복 치마를 잡
아 내렸다. 곧이어 팬티가 벗겨지고 교복 상의와 속옷이 찢겨져
나갔다.

—다리를 벌려야 우리가 신고빵을 할 수 있거든. 자, 다리 벌
려. 그럼 우리가 널 예쁘게 가지고 놀아 줄 테니까.

김요한의 말에 이수정의 반항이 더욱 거세졌다. 그러나 억센
두 남자에게 잡혀 있는 이수정의 발버둥은 그들에게는 갓난아
이가 장난치는 것과 같았다.

—워워, 반항하지 마. 이건 네가 선택한 게임이니까.

반항하는 이수정을 강아지 달래듯 어르는 김요한이 최신종을

향해 말했다.

-신종아, 네가 먼저 해라. 마지막은 내가 할 테니까.

-아!

무거운 마음과 떨리는 다리로 끝까지 겨우 올라온 신천명은 옥상 문의 손잡이를 잡았다.

하지만 닫혀 있는 문 뒤에서 들려온 이수정의 비명 소리에 차마 문을 열 수 없었다. 짐승의 울부짖음 같은 소리와 함께 비열한 김요한의 목소리가 들렸지만 신천명은 손잡이를 돌리지 못했다.

그저 옥상 문에 달린 조그마한 유리 너머로 그곳에서 벌어지는 일을 쳐다볼 뿐이었다.

이수정의 옷을 갈기갈기 찢고 강제로 옥상에 눕힌다. 그리고 그 모습을 박기호가 헤죽헤죽 웃으며 카메라로 찍는다.

최신종이 바지를 벗는다.

김하융이 몸부림치는 이수정의 어깨를 짓누르고 있다.

[문을 열어야 하는데, 들어가서 막아야 하는데.]

세상의 더러움은 이미 어릴 때부터 경험했다. 아버지라는 인간의 더럽고 역겨운 행동을 눈앞에서 봤던 신천명이다.

세상에서 그 누구보다 아름답고 순수했던 누나를 더럽게 만든 제 아버지의 추잡하고 저주 받아 마땅한 모습을 보았다.

그래서 다시는 누구도 그런 일을 당하지 않기를 빌었다. 그리고 자신은 반드시 사랑하는 사람을 지켜 주겠다고 스스로에게 약속했었다.

하지만 용기를 낼 수가 없다. 이제는 사랑하는 여자를 지켜 줄 수 있을 만큼 자랐고 악마로부터 지켜 줄 수 있는 만큼 어른이 되었는데도 할 수가 없다.

세상의 모든 것이 또 무너져 간다. 누구는 아픔으로 고통 받는, 배고픔으로 고통 받는 사람들의 절규를 지옥이라 표현한다.

하지만 지금은 악마의 탈을 쓴 인간들에게 치욕스럽게 당하고 있는 여자아이를 보는 남자아이의 가슴속이 지옥이다.

-크으윽!

결국 문을 열지 못하고 주저앉은 신천명이 눈물을 흘리며 입을 틀어막았다.

늦었다. 이미 이수정의 고통이 시작되었다.

[나는 왜 이렇게 생겼을까.]

스스로를 욕한다. 스스로를 자책한다.

어릴 때의 기억도, 자신이 보았던 그 추악한 장면도 어쩌면 꿈일 거라 생각했다.

그런데 또다시 눈앞에서 벌어졌다. 사랑하는 여인이 누군가에게 강제로 더럽혀지는 일이 벌어지고 있는 것이다.

아무것도 할 수가 없다. 그때나 지금이나 세상 사람들에게 말할 용기도 없고, 옥상 문을 열고 들어가 김요한과 그 패거리들을 상대로 이수정을 지켜 낼 자신도 없다.

아무도 없다. 이수정과 자신을 고통과 지옥 속에서 도와줄 사람도 이 세상에는 아무도 없다.

　－너도 나랑 하고 싶어서 온 거니?

이미 김요한과 그 패거리들에게 당할 대로 당한 이수정이 다리를 타고 흐르는 자신의 피를 보며 말했다.

말하는 것조차 고통스러운지 입술을 꼭 깨문 이수정의 얼굴에 뭐라 말할 수 없는 고통이 담겨 있었다.

　－빨리 하고 가.

이수정의 흐트러진 모습에 신천명은 자신은 그런 쓰레기들과 다르다고 외치고 싶었다. 너랑 하고 싶어서 온 게 아니라고.

그러나 굵은 눈물방울만 신천명의 볼을 타고 흘러내렸다.

　－지금 나 동정하니?

이수정이 비틀거리며 일어나더니 신천명의 어깨를 양손으로 움켜쥐었다.

　－동정하지 마. 네가 뭔데 날 동정해?

이수정의 언성이 점점 올라갔다.

　－아아악!

고통으로 일그러진 얼굴로 눈물을 흘리던 이수정이 처절하게 비명을 지르며 신천명을 붙잡고 주저앉았다.

　－우리 가족이, 우리 부모님이 이 사실을 영영 몰랐으면 좋겠어.

　－알아…….

울음을 참으려고 입술을 깨물고 있던 신천명의 입술에 피가 맺혔다.

비록 동정과 연민이 담긴 말이라도 신천명의 말 한마디가 이수정은 무척 고마울 것이다.

―아무한테도 말하지 마.

기도문을 읊는 것처럼 간절하게 말한 이수정이 천천히 몸을 움직였다.

―그냥은 싫으면 너도 한번 하게 해 줄게.

거래를 청하는 이수정의 행동에 신천명은 계속 눈물을 흘렸다. 이렇게밖에 할 수 없게 된 이수정에 대한 아픔의 눈물이었다.

―수정아.

무릎을 꿇고 바지를 벗기려는 이수정을 말리며 신천명도 이수정처럼 무릎을 꿇었다.

―이러지 마. 이제부터 내가 널…… 지켜 줄게. 앞으로는 내가 할 수 있는 일이라면 뭐든지 할게.

그리고 이수정의 손을 잡으며 말했다.

―나랑 사귀자…….

신천명과 이수정이 말없이 서로의 눈을 보았다.

―수정아, 나랑 사귀어 줄래?

다시 부탁하는 신천명. 그 말에 진심이 담겨 있었다. 이수정도 거부할 수 없는 진심이었다. 이수정이 천천히 고개를 끄덕였다. 그러고는 서로의 품에 안겨 엉엉 울었다.

―떡볶이 먹을래?

고통스러웠던 시간이 지난 며칠 뒤, 여느 학생 커플처럼 수줍

게 신천명의 손을 잡고 길을 걷던 이수정이 노점상 앞에서 말했다. 신천명은 고개를 끄덕이며 주머니에서 지갑을 꺼냈다.

　－떡볶이 내가 살게.

　이수정이 밝은 얼굴로 신천명을 말리며 가방에서 귀여운 캐릭터가 그려진 지갑을 꺼냈다. 억지로라도 밝은 모습을 보이려고 노력하는 이수정이었다.

　억지로 만들어진 것이라 해도 신천명은 이수정과 함께하는 지금 이 순간이 행복했다.

　일 년 넘게 짝사랑했던 여자와 사귀며 그 여자와 같은 것을 느끼고 같은 것을 먹는 것이 더없이 행복하고 즐거웠다.

　그때 이후 김요한과 패거리들은 조용했다.

　이제 해방된 걸까. 사실 해방이라는 단어 자체도 말이 되지 않는다. 그들이 뭔데 다른 사람을 해방시킨단 말인가.

　다만 옥상의 끔찍한 경험을 잊지 못하고 평생을 살 이수정이 안쓰러울 따름이다. 그래서 신천명은 웃었다. 사랑하는 여자를 행복하게 해 주기 위해 억지로 웃었다.

　－어묵 국물도 먹을래?

　신천명은 가게에 걸려 있는 종이컵을 빼서 어묵 국물을 뜨며 살며시 이수정의 모습을 보았다. 사귀는 사이인데도 이수정을 마주 보기가 아직 민망한 걸까. 아니면 옥상에서 일어난 일이 자신 때문일지도 모른다는 양심의 가책 때문일까.

　떡볶이를 맛있게 먹고 있는 이수정의 얼굴에서 신천명은 조금씩 마음의 안정을 찾고 있을 거라는 확신을 얻었다.

최소한 지금은 이렇게 행복하니까.

[지금 난 행복해. 최소한 울고 있지 않으니까.]

―이수정, 잠깐 얼굴 좀 보자.

며칠 간의 행복이 깨졌다. 고통스러웠던 시간을 억지로 잊고 힘들게 버티던 신천명과 이수정 앞에 김요한과 패거리들이 다시 나타났다.

―인상 쓰지 마라. 예쁜 얼굴 미워진다.

점심시간에 불쑥 나타나 이수정을 호출하는 김요한의 얼굴에 조롱이 가득 담겨 있었다.

김요한의 갑작스러운 등장에 친구들과 점심을 먹던 이수정이 자리에서 일어나 김요한에게 당당하게 다가갔다. 다시는 자신을 건드리지 말라고 경고를 하려고 했는데 이수정은 그만 입을 벌린 채 멈추고 말았다.

김요한의 손에 카메라가 들려 있었던 것이다. 옥상의 저주스러운 시간이 담겨 있는 카메라가 말이다.

김요한이 활짝 웃으며 멍하니 서 있는 이수정의 어깨에 팔을 돌린 채 이수정과 함께 교실을 나갔다.

그 모습을 본 신천명이 들고 있던 숟가락을 팽개치고 김요한의 뒤를 쫓았다.

신천명의 머릿속에는 오직 이수정을 지켜야 한다는 생각밖에 없었다.

하지만 옥상에 도착한 신천명은 활짝 열려 있는 옥상 문을 통해 들려오는 김요한의 목소리에 발걸음을 멈췄다.

-앞으로 한 번 할 때마다 사진 한 장씩 지워 줄게, 어때?

[미친.]

신천명은 이번에는 정말로 김요한에게 덤벼들려고 했다.

맞아 죽는 한이 있어도 이수정을 위해 카메라를 뺏고 이수정을 보호해 주려고 했다. 그러나 이어 들려온 이수정의 대답이 결국 신천명의 발걸음을 잡았다.

-좋아요. 한 번 할 때마다 사진 한 장. 그리고 아무한테도 말하지 않는 거.

[수정아!]

신천명이 자신을 도우러 올 것을 예상이라도 했던 걸까. 이수정의 목소리가 여느 때보다 톤이 높아져 있었다.

꼭 옥상에 신천명이 나타날까 봐 걱정되어 일부러 그러는 것처럼 계단 아래까지 들리게 크게 말했다.

신천명은 주저앉았다. 계단 모서리에 부딪힌 다리가 찢어진 듯 아팠지만 그깟 고통쯤 지금 다시 시작된 이수정의 고통에 비하면 아무것도 아니었다.

[젠장, 젠장, 젠장, 젠장]

온 세상 사람들이 모두 들을 수 있게 크게 외치고 싶었다.

그러나 이수정이 어떠한 마음으로 말하는지 알기에 신천명은 손으로 입을 틀어막고 흐느꼈다.

눈물이 흐른다. 다시는 울지 않겠다고 맹세한 게 겨우 며칠 전인데 신천명은 또다시 눈물을 흘렸다.

[나한테 이런 일이 생길 줄 몰랐어. 정말 몰랐어.]

신문과 방송에서 떠들던 집단 성폭행 사건도, 세상 사람들이 모두 혀를 차며 안타까워한 성폭행 사건도 자신과는 전혀 상관없는 일이라고 생각했었다.

그저 그런 뉴스를 접한 뒤 친구들과 담배를 피우며 시답지 않게 몇 마디 수다를 떨거나 인터넷에서 악성 댓글을 다는 게 끝이었다.

세상이 얼마나 더럽고 추한지 신천명은 누구보다 잘 알고 있었고, 그 더러움은 언제나 어른들이 시작하는 거라고 믿으며 살았다.

그런데 아니었다. 눈앞에서 벌어지고 있는 추악한 현실은 어른이 만들어 놓은 더러움의 찌꺼기가 아니었다.

[다시는 이런 일이 생기지 않을 거라 생각했는데.]

사랑했던 누나에게 벌어졌던 일과 여자 친구에게 지금 벌어지고 있는 일은 모두 현실이었다. 현실이라는 쇠망치가 신천명의 머리를 마구 후려치고 있었다.

아픔보다 슬픔이, 슬픔보다 세상에 대한 원망이 가슴속에서 폭발했다.

[아파. 너무 아파.]

신천명은 한 손으로는 입을 다른 한 손으로는 자신의 가슴을 움켜쥐고 소리 없이 흐느꼈다.

[수정아, 그렇게 고통스러우면서 왜 참는 거야? 왜 나한테 도와달라고 하지 않는 거야? 김요한, 너는 도대체 어떻게 살아왔기에 이렇게까지 잔인할 수 있는 거냐. 신천명 너는 왜 이렇게

무기력한 거냐.]

하다못해 지금이라도 비명을 지른다면 뛰어올라가 맞아 죽어도 좋으니 이수정을 구해 줄 텐데.

신천명은 너무 아파 심장이 멈출 것만 같았다.

속에서 터질 듯 뛰고 있는 심장소리와 김요한과 그 패거리들의 웃음소리가 주변을 떠돌며 자신을 비웃었다.

세상이 점점 멀어져 간다.

세상과 자신은 동떨어져 있다.

더러운 세균들로 득실거리는 밀실에 갇혀 있는 것만 같았다.

왜 자신에게만 이런 일이 벌어지는 걸까.

왜 자신에게는 아픔만이 존재하는 걸까.

왜 자신이 사랑한 여자들은 모두가 불행한 걸까.

어머니, 누나 그리고 수정이.

―수정아…….

흐느끼던 신천명의 입에서 이수정의 이름이 흘러나왔다. 그 한마디에 슬픔과 원한이 가득했다.

―내가…… 내가 다 끝낼게!

김하융은 김요한을 죽이지 못했다. 신천명과 이수정에 대한 죄책감 보다 김요한에 대한 복수심 보다, 신천명에 대한 존중이 먼저였으므로…….

─천명아, 넌 어디에 있는 거냐?

담배를 입에 문 채 허공을 향해 신천명을 부르는 김하융의 눈빛이 불안감으로 떨렸다. 자신이 느끼는 감정 그 이상으로 신천명의 마음은 폭풍에 시달린 나무처럼 뿌리 채 뽑혀 흔들거리고 있을 것이었다.

이수정의 죽음으로 신천명의 모든 것이 재가 되어 멀리 사라져 버렸다는 것만은 확실했다.

김하융의 머릿속에 신천명과의 마지막이 떠올랐다.

─이제 어쩔 거냐?

정신을 놓은 채 앉아 있는 신천명을 향해 김하융이 물었다.

─약속.

십 년 만에 처음으로 입을 떼었을 때처럼 신천명이 천천히 입술을 움직여 말했다.

─뭐?

─약속을 지키지 못했으니까…….

─…….

─이제 게임을 끝내야지.

─그 게임, 결말이 있긴 한 거냐?

김하융의 질문에 신천명은 천천히 고개를 끄덕였다.

─결말……. 있지! 당연히.

신천명의 눈빛이 슬픔과 광기로 번들거리기 시작했다.

─지켜 봐! 수정아. 너와의 약속이 어떤 결과로 끝나는지…….

신천명의 목소리에 김하융의 몸이 움찔했다.
삶에 대한 애착을 잃어버린 자의 자포자기한 목소리가 이럴까.
김하융은 두려웠다.
앞으로 펼쳐질 신천명의 게임이.

범죄는 결코 추억이 될 수 없어.
깨끗하게 용서 받거나
처절한 복수를 당한 뒤가 아니라면
추억이 될 수는 없잖아,
요한아?!

걸레

초판 1쇄 발행 2011년 5월 25일

원작 임인스
글 류명찬
출판기획 황재오

제작 정희원
마케팅 주상욱, 정진욱
디자인 박가애
교정교열 유명선

펴낸곳 도서출판 보리별
등 록 2006년 9월 7일 제307-2007-46호
주 소 서울시 마포구 서교동 451-4 두지빌딩 1층
전 화 02-6673-0421
팩 스 0505-673-0421
이메일 bodhistar@naver.com
소셜네트워크 http://boribyulbook.tistory.com

ISBN : 978-89-960540-9-2 02810
값 11,200원